星《ほし》カフェ

思《おも》いがけないできごと

倉《くら》橋《はし》燿《よう》子《こ》／作　たま／絵

講談社 青い鳥文庫

もくじ
Contents

水庭《みずにわ》 湖々《ここ》

この物語《ものがたり》の主人公《しゅじんこう》で中《ちゅう》1。双子《ふたご》の妹《いもうと》。内気《うちき》で、人《ひと》づきあいがニガテ。

水庭《みずにわ》 流々《るる》

双子《ふたご》の姉《あね》。スポーツ万能《ばんのう》で、活動的《かつどうてき》。どこにいても目立《めだ》つ存在《そんざい》。

おもな登場人物《とうじょうじんぶつ》

Characters

市村《いちむら》 碧《あお》

中《ちゅう》2。流々《るる》のスケートボード仲間《なかま》。明《あか》るく、気《き》さくなキャラで、女子《じょし》に大人気《だいにんき》。

桐ヶ谷《きりがや》 優音《ゆうと》

中《ちゅう》1。私立中学《しりつちゅうがく》に通《かよ》っている。湖々《ここ》の片思《かたおも》いの相手《あいて》。ピアノを弾《ひ》くのが好《す》き。

これまでのお話《はなし》

Story so Far

学校《がっこう》では、ほぼ、〝ぼっち〟のわたし。

学《がっ》校《こう》以《い》外《がい》に、居《い》場《ば》所《しょ》があったらいいな

と思《おも》って始《はじ》めたのが、**『星《ほし》カフェ』**。

おかげで、クラスメイトだったシュリと仲良《なかよ》くなれたし、学年《がくねん》がちがう新《あたら》しい友《とも》だちもできた。

そして、今《いま》、**片《かた》思《おも》い中《ちゅう》**。

同《おな》じマンションに住《す》むユウト君《くん》は、学校《がっこう》でも大人《だいにん》気《き》なんだって！　手《て》の届《とど》かない人《ひと》だとわかってはいるけれど、**好《す》きな気《き》持《も》ち**は、どんどんふくらんで……。

ユウト君《くん》のバンドがイベントで演奏《えんそう》すると聞《き》いて、わたしもそのイベントに、『星《ほし》カフェ』の仲間《なかま》と、**ドーナツ屋《や》さんを出《だ》すことに！**　それからが大変《たいへん》だったんだけど、思《おも》いがけない出会《であ》いもあって……。チャレンジしてよかった！

1 えっ、転勤《てんきん》？

両手《りょうて》いっぱいにメニューを広《ひろ》げる。

おいしそうな料理《りょうり》の写真《しゃしん》が、いっせいに目《め》に飛《と》びこんでくる。

『ジャンボエビフライ』『ずわいガニのクリームコロッケ』『黒毛和牛《くろげわぎゅう》のハンバーグ』『ホタテのソテー』……。あっ、『オマールエビのグリル』もいいな……。

「なんでも好《す》きなものをたのんでいいぞ。」

向《む》かいにすわっているお父《とう》さんが、ニコニコしながら言《い》った。

「ほんとっ⁉　デザートに、『カスタードプディング』も食《た》べていい？」

となりにいる双子《ふたご》の姉《あね》の流々《るる》が、すかさずたずねる。

「もちろん、いいぞ。」

「やった！　じゃあね～、『ヒレステーキセット』と、『カスタードプディング』！」

ルルがメニューを閉《と》じて、こちらを見《み》る。

「ココは、どうする？」

「あっ、えっと、ちょっと待《ま》ってね。」

わたしはあわててメニューをめくる。

わたし、水庭湖々《みずにわここ》、中学《ちゅうがく》一年生《ねんせい》。あと二か月《げつ》で二年生《ねんせい》に進級《しんきゅう》するけれど、あいもかわらず、メニューを決《き》めるのがおそい。

きょうは、お父《とう》さんからめずらしく、『夕《ゆう》ごはんは外《そと》に食《た》べに行《い》こう』と連絡《れんらく》が来《き》た。

ルルもわたしも、ひさしぶりの外食《がいしょく》に大《おお》よろこびで、家《いえ》から少《すこ》しはなれたところにある、大好《だいす》きなレストランへやってきた。

お店《みせ》に入《はい》ったときは、『ジャンボエビフライ』にしようと思《おも》ったけれど、ルルと同《おな》じ『ヒレステーキ』もおいしそうだな。だけど、ちょっと値段《ねだん》が高《たか》いかな。

デザートもたのんでいいって言《い》っていたけど、どれにしよう……？

もうすぐバレンタインだから、チョコレートのおいしそうなスイーツがならんでいる。

片思《かたおも》い中《ちゅう》の桐ヶ谷優音君《きりがやゆうとくん》には、どんなチョコをプレゼントしようかな……。

あっ、いけない。それより早《はや》く決《き》めなきゃ。

「う〜ん、え〜と……。」

「そんなに迷《まよ》うなら、二つたのんでもいいぞ。」

メニューから顔《かお》を出《だ》さないわたしに、お父《とう》さんがあまい言葉《ことば》をかける。

「そうだよ、ココ。お腹《なか》がいっぱいになったら、あたしもいっしょに食《た》べるし。好《す》きなものをたのんじゃいなって。」

「さすがに……、二つは食《た》べられないよ。じゃあ、わたしもルルと同《おな》じ『ヒレステーキセット』と『カスタードプディング』にする。」

わたしは迷《まよ》いを断《た》ち切《き》るように、パンッとメニューを閉《と》じた。

「オッケ〜。じゃあ、注文《ちゅうもん》しちゃうね〜。」

ルルがすぐそばにいた店員《てんいん》さんに声《こえ》をかけると、お父《とう》さんは注文《ちゅうもん》を伝《つた》えてから、トイレに席《せき》を立《た》った。

「ねえ……、お父《とう》さん、へんじゃない？　きょうは、なんでこんなに気前《きまえ》がいいの？　なんでも好《す》きなものをたのんでいいぞ、なんてさ。なんか、あやしいな……。」

ルルが店《みせ》の奥《おく》にあるトイレを見張《みは》りながら、小声《こごえ》で言《い》った。

「そう言《い》われてみれば……。誕生日《たんじょうび》や記念日《きねんび》でもないのに。ちょっとおかしいね。」

わたしもルルに頭《あたま》をよせる。

「あたしたちに大事《だいじ》な話《はなし》でもあるのかな？　何《なに》か言《い》いにくいことなのかも。」

ルルが目《め》をするどく光《ひか》らせた。

「えっ？　言《い》いにくいことって？」

思《おも》ってもみなかった言葉《ことば》に、ドキッとする。

「『新《あたら》しいお母《かあ》さんができるぞ』とか？」

「新《あたら》しいお母《かあ》さんっ⁉」

大《おお》きな声《こえ》が飛《と》び出《だ》し、まわりのお客《きゃく》さんの注目《ちゅうもく》が集《あつ》まる。

「ちょっと、ココ、声《こえ》が大《おお》きい！」

ルルがとっさにわたしの口《くち》をふさぎ、背《せ》もたれに身《み》をかくすようにかがめる。

「えっ？　待《ま》って……。」

胸《むね》がそわそわしてくる。今《いま》まで、考《かんが》えたこともなかった。だって、お父《とう》さんはずっと、亡《な》くなったお母《かあ》さんのことが好《す》きだって思《おも》っていたから。

「たとえ話《ばなし》だってば。」

「でもっ、ええっ、そんなことを急《きゅう》に言《い》われても。」

混乱《こんらん》しているせいで、頭《あたま》がまったく働《はたら》かない。

「お父《とう》さんも話《はな》しにくいから、こんな平日《へいじつ》の夜《よる》に、あたしたちをわざわざよびだして、ごちそうしようとしてるんじゃない？　きっと、何《なに》かあるんだよ。」

「かくしごと……？」

口《くち》にすると、不安《ふあん》がますます広《ひろ》がる。

「ふたりとも、どうしたんだ？」

いつのまにかトイレからもどってきたお父《とう》さんが、ぽかんとした表情《ひょうじょう》でわたしたちを見《み》下《お》ろしていた。

「「お父《とう》さんっ！」」

ルルとわたしの声《こえ》が、また店内《てんない》にひびいた、ちょうどそのとき、

「お待《ま》たせいたしました～。『ヒレステーキセット』でございます。」

店員《てんいん》さんが明《あか》るい声《こえ》で言《い》った。

わたしとルルは、なにごともなかったかのようにサラダを食《た》べはじめ、その場《ば》をなんとか取《と》りつくろった。

フォークとナイフで肉《にく》を小《ちい》さく切《き》りわけて、口《くち》に入《い》れると、やわらかい肉《にく》が口《くち》の中《なか》でとろける。かんでもかんでも、おいしい肉《にく》の味《あじ》がする。

ふだんは食《た》べられない豪華《ごうか》なステーキを食《た》べていても、さっきルルが言《い》った言葉《ことば》が頭《あたま》からはなれず、集中《しゅうちゅう》できない。

お父《とう》さんが話《はな》そうとしていることって、なんだろう？

ルルもわたしも、無言《むごん》のままお父《とう》さんの様子《ようす》をチラチラとうかがう。

だけどお父《とう》さんは、一向《いっこう》に話《はな》しだす様子《ようす》はなく、自分《じぶん》が注文《ちゅうもん》した『オマールエビのグリル』をおいしそうに食《た》べている。

やっぱり、ルルの思《おも》いこみだったのかな？　そうだといいな。

ルルも似《に》たようなことを思《おも》ったのか、緊張《きんちょう》した表情《ひょうじょう》はくずれて、鼻《はな》をふくらませながらライスをかきこむと、春休《はるやす》み中《ちゅう》に出場《しゅつじょう》するスケボーの大会《たいかい》のことを話《はな》しはじめた。

ところが、なごやかな雰囲気《ふんいき》のまま食事《しょくじ》を終《お》えて、デザートを食《た》べはじめたころ――。

「……じつはな、ルルとココに大事《だいじ》な話《はなし》があるんだ。」

お父《とう》さんが手《て》にしていたコーヒーカップを、しずかにソーサーの上《うえ》に置《お》いた。

来《き》ちゃった……。

わたしは、ルルのトレーナーのすそをにぎった。ルルがその上《うえ》に、手《て》をかさねる。

「ふたりには申《もう》し訳《わけ》ないんだけど、お父《とう》さん、四月《がつ》から仕事《しごと》の都合《つごう》で、アメリカへ行《い》くことになったんだ。」

「アメリカ⁉」

ルルが声《こえ》をあげる。

「そんなに長《なが》くは行《い》かないよ。一年間《ねんかん》だけなんだけど、そのあいだは。」

「お父《とう》さんだけ⁉」

ルルは、食《く》いつくようにたずねる。

「うん。だからお父《とう》さんが日本《にほん》にいないあいだは、代《か》わりにユキノおばさんと娘《むすめ》のヒメちゃんに、うちに住《す》んでもらうことになる。ユキノおばさんたちのことは、ふたりは覚《おぼ》えているかな？　だいぶ前《まえ》に、親戚《しんせき》の集《あつ》まりで会《あ》ったと思《おも》うんだけど、そこで——。」

「ぜんぜん、覚《おぼ》えてないっ。それよりもお父《とう》さん！　あたしも、アメリカに行《い》きたい！」

ルルはお父《とう》さんの説明《せつめい》をふきとばすように、テーブルの上《うえ》に身《み》を乗《の》り出《だ》した。

「スケボーの本場《ほんば》で修業《しゅぎょう》ができるし、英語《えいご》もペラペラになれるじゃん。スケボーの国際大会《こくさいたいかい》を観《み》に行《い》ったら、海外《かいがい》のすごい選手《せんしゅ》としゃべれるかも！」

「ルルの気持《きも》ちはわかるけど、一年《ねん》だぞ？　もし行《い》ったとしても、やっとアメリカの生活《せいかつ》に慣《な》れてきたころに、すぐ日本《にほん》にもどらなくちゃいけなくなる。そのほうがかえって、ルルたちには負担《ふたん》になるだろうと思《おも》って、今回《こんかい》はお父《とう》さんひとりで行《い》くことにしたよ。」

お父《とう》さんはこまった顔《かお》で答《こた》える。

「心配《しんぱい》、無用《むよう》っ！　今《いま》の中学《ちゅうがく》にはなんの未練《みれん》もないし。ココも行《い》きたいでしょ？　アメリカだよ？　留学《りゅうがく》だよ？　いっしょに行《い》こうよ～。」

ルルがわたしの肩《かた》をゆさぶる。

「……わたしは……。」

言葉《ことば》が出《で》てこない。おどろきと衝撃《しょうげき》で、その続《つづ》きが考《かんが》えられない。

お父《とう》さんが、アメリカへ行《い》っちゃうの？　ルルも行《い》きたいの？　日本《にほん》で、今《いま》のまま三人《にん》で暮《く》らせないの？　学校《がっこう》は？『星《ほし》カフェ』は？　ユウト君《くん》は？　どうなっちゃうの？

アメリカになんて、行《い》きたくないよ。だって、英語《えいご》が話《はな》せないもの。言葉《ことば》が通《つう》じる日本《にほん》でさえ友《とも》だちが少《すく》ないのに。

ルルといっしょに残《のこ》りたい。

すがるような思《おも》いで、たずねようとしたけれど、

「ココ、英語《えいご》の心配《しんぱい》をしてるんでしょ。だいじょうぶだよ！　あたしも勉強《べんきょう》するし、ふたりでいれば、なんとかなるって！」

ルルはノリノリで、わたしの肩《かた》を組《く》んだ。

「……うん。」

小《ちい》さな声《こえ》で答《こた》える。

「ね、お父《とう》さん。たとえ一年《ねん》でも、家族《かぞく》がはなればなれなんて、あたしたちは、いやだよ。言葉《ことば》の壁《かべ》や学校《がっこう》の勉強《べんきょう》は、あたしたちでなんとかするからさ。お願《ねが》いっ。」

ルルはすでに行《い》く気《き》まんまんで、はっきりと主張《しゅちょう》した。だけどわたしは、気《き》が重《おも》い。

「こまったな……。まあ、急《きゅう》な話《はなし》だし、ふたりには、いつもたいへんな思《おも》いや、さびしい思《おも》いをさせてしまって、申《もう》し訳《わけ》ない。ただ、大事《だいじ》なことだから、ルルもスケボーだけのことで決《き》めないようにな。ユキノおばさんたちのこともあるから、いっしょに行《い》くかどうかは、これから話《はな》し合《あ》っていこう。」

お父《とう》さんは、念《ねん》をおすように言《い》った。

帰《かえ》りの車《くるま》の中《なか》、わたしは後部座席《こうぶざせき》にすわり、ぼーっと外《そと》の景色《けしき》をながめる。助手席《じょしゅせき》にいるルルは、運転《うんてん》しているお父《とう》さんと楽《たの》しそうに話《はな》している。

前《まえ》と後《うし》ろで、テンションがまったくちがう。ときどき、バックミラーごしに、お父《とう》さんが心配《しんぱい》そうにわたしの様子《ようす》をうかがっているのがわかった。

けれどわたしは、明《あか》るいフリをする気《き》にもなれなくて、ずっとだまっていた。

ルルはどうして、あんなにすぐに決《き》められるんだろう？　不安《ふあん》にならないのかな？

まあ、ルルにはスケボーがあるから。すぐに市村碧君《いちむらあおくん》みたいなスケボー仲間《なかま》ができちゃうんだろうな。

だけど、わたしには何《なに》もない。アメリカになんて、行《い》きたくないな……。

大好《だいす》きなユウト君《くん》とだって、はなれたくない。

クリスマスのイベントに『星《ほし》カフェ』のみんなとドーナツ屋《や》さんを出店《しゅってん》して、前《まえ》よりも仲《なか》がよくなれたのに。同《おな》じクラスの望《もち》月《づき》愛美《あいみ》ちゃんとだって、せっかく友《とも》だちになれたのに。

でも日本《にほん》に残《のこ》るなら、よく知《し》らない親戚《しんせき》の人《ひと》たちと暮《く》らさなきゃいけない。

それは……、いやだな……。

転勤《てんきん》の話《はなし》じたい、なかったことにならな

いのかな。
お父《とう》さんじゃない、だれかが代《か》わりに行《い》けばいいのに。
なんで、うちのお父《とう》さんじゃなきゃいけないの？
どうして、こんなことになっちゃうんだろう？
やっと楽《たの》しいと思《おも》えてきたのに……。
いつからふりだしたのか、窓《まど》ガラスの向《む》こうの景色《けしき》が雨《あめ》でにじんでいた。

2 作戦会議《さくせんかいぎ》？

「あと、三分《ぷん》……。」

オーブンレンジの中《なか》をのぞきこむ。

「どう？　どう？　焼《や》けてる？」

ルルもしゃがんで様子《ようす》をうかがう。

「うーん、たぶん？　外側《そとがわ》を見《み》ただけじゃ、わからないね。中《なか》までちゃんと焼《や》けているかどうか、あとで確認《かくにん》しないと。」

息《いき》をひそめるように、わたしは生地《きじ》の表面《ひょうめん》を見《み》つめる。

「たのむよ～。おいしくな～れ～、おいしくな～れ～。」

ルルが魔法使《まほうつか》いみたいに指《ゆび》をくねくねさせながら、オーブンレンジに向《む》かって呪文《じゅもん》をとなえた。

あしたは二月十四日《がつかか》、バレンタインデーだ。

きょうはルルとふたりで、ガトーショコラ作《づく》りに挑戦《ちょうせん》している。

今年《ことし》は、お父《とう》さんだけでなく、ルルはスケボー仲間《なかま》のアオ君《くん》に、わたしはユウト君《くん》に、ガトーショコラをプレゼントしようと計画《けいかく》している。

ピーと焼《や》き上《あ》がりを知《し》らせる音《おと》が鳴《な》った。

「できた！」

ルルがすぐさまオーブンのとびらを開《ひら》くと、わたしは中《なか》からほかほかのガトーショコラをそっと取《と》り出《だ》した。

あまいチョコレートとバターのかおりが、あたりに広《ひろ》がる。

「ではでは、いただきます！」

ルルは試食用《ししょくよう》にいっしょに焼《や》いたミニショコラをつまむと、口《くち》に放《ほう》り入《い》れた。

「ファフイッ、フェド、フォイフィ〜。」

ルルは熱《あつ》さでうまくしゃべれないのか、口《くち》をハフハフと動《うご》かしている。

「どう？」

わたしがたずねると、ルルは目《め》を大《おお》きく見開《みひら》く。

「うん、おいしい！　めちゃくちゃおいしい！　中《なか》もしっかり焼《や》けてる！」

「よかったあ。」

わたしは胸《むね》をなでおろした。

早《はや》くユウト君《くん》にわたしたいな。食《た》べてくれるかな？　よろこんでくれるかな？

ユウト君《くん》が何《なに》かを食《た》べるときって、一口《ひとくち》が意外《いがい》と大《おお》きい。

おいしかったときは、かみしめながら少《すこ》しずつ口角《こうかく》を上《あ》げて、にっこりと笑《わら》ってくれる。

ふだんはクールな印象《いんしょう》のユウト君《くん》とギャップがあって、わたしはその顔《かお》を見《み》るのが大好《だいす》きだ。

これを食《た》べて、あんなふうに笑《わら》ってくれたら、うれしいな……。

そんな願《ねが》いをちりばめるように、ガトーショコラの上《うえ》にデコレーション用《よう》のシュガーをふりかけた。

「これを食《た》べたら、ユウト君《くん》もきっと、胃袋《いぶくろ》をわしづかみされちゃうね。」

ルルがわたしの顔《かお》をのぞいている。

「アオ君《くん》だって、ぜったいによろこんでくれるよ。」

「へへっ。やったね！」

照《て》れ笑《わら》いをうかべて、ルルがガトーショコラをテーブルに移動《いどう》させた。

「ねえ、もしもアメリカへ行《い》ったら、アオ君《くん》とははなればなれになっちゃうけど、ルルはそれでもいいの？」

わたしはふと、ルルに質問《しつもん》をした。

この前《まえ》、お父《とう》さんから転勤《てんきん》の話《はなし》を聞《き》いて、ルルは自分《じぶん》もアメリカに行《い》きたいと言《い》いだした。スケボーが大好《だいす》きなルルだから、行《い》きたい気持《きも》ちは、なんとなくわかる。

でも、アオ君《くん》とのことは、どう考《かんが》えているんだろう？

「そりゃあ、さびしいよ。だけどさ、たった一年《ねん》だよ。あっという間《ま》でしょ。そのあいだは、おたがい修行《しゅぎょう》だと思《おも》って、それぞれの場所《ばしょ》でがんばって、一年後《ねんご》に成長《せいちょう》した姿《すがた》を見《み》せ合《あ》えたらいいじゃん。それとさ〜、お父《とう》さんがいないあいだは、おばさんたちといっしょに暮らすんだよ？　気がねするじゃん。」

「そうだね。それはもう、決《き》まっちゃってるんだもんね……。」

バレンタインにかまけて、この話《はなし》は頭《あたま》のすみに追《お》いやっていたけれど、その日《ひ》が必《かなら》ずやってくると思《おも》うと、気持《きも》ちがめいってくる。

「だからさ、ココからもいっしょに、お父《とう》さんにたのもうよ〜。あたしたちも、アメリカに行《い》きたいって。ユウト君《くん》とだって、一年《ねん》はなれるくらい、だいじょうぶでしょ。ふたりのきずなは、もうしっかり結《むす》ばれてるって。」

ルルはグッと親指《おやゆび》を立《た》てる。

「それにしても、早《はや》くわたしたいな〜。っていうか、焼《や》きたてのものをあげたほうがよくない？　今《いま》からアオん家《ち》に行《い》こうかな。」

時計《とけい》を見《み》て、ルルがエプロンのひもに手《て》をかける。

「待《ま》って、待《ま》って。気《き》が早《はや》すぎるよ。まだ十三日《にち》だってば。」

わたしはルルの腕《うで》をつかんだ。すると――、
ピンポーンと、インターホンが鳴《な》った。

モニター画面《がめん》を見《み》ると、東真知子《ひがしまちこ》ちゃんが手《て》をふっていた。

同《おな》じマンションに住《す》んでいる高《こう》一のマチ子《こ》ちゃんは『星《ほし》カフェ』のメンバーのひとりだ。

「夕《ゆう》ごはん前《まえ》におしかけちゃって、ごめんね〜。ちょっと、ききたいことがあって……。」

マチ子《こ》ちゃんは、玄関《げんかん》のドアからそろそろと顔《かお》をのぞかせた。

学校帰《がっこうがえ》りなのか、長《なが》いマフラーをぐるぐる首《くび》にまいている。

「家《うち》は、いつでもオーケーだから、気《き》にしないで。お父《とう》さんも、きょうは仕事《しごと》でおそくなるし。よかったら、上《あ》がって。」

寒《さむ》そうだったので、マチ子《こ》ちゃんを家《いえ》の中《なか》にまねき入《い》れ、余分《よぶん》に作《つく》ってあったガトーショコラと紅茶《こうちゃ》を出《だ》した。

最初《さいしょ》は遠慮《えんりょ》していたけれど、あっという間《ま》にペロリとたいらげて、満足《まんぞく》そうに『ごちそうさまでした。』と言《い》ってくれた。

「あのね……、ふたりにききたいことがあってね。」

ふいに、マチ子《こ》ちゃんがもじもじしながら、しゃべりはじめた。

「じつはさ……、その……、あしたのバレンタインに、チョコをね……、あげたい人《ひと》ができちゃったんだよね……。」

「もしかして、好《す》きな人《ひと》ができたの⁉」

ルルがギラッと目《め》の色《いろ》を変《か》える。

「えっ？　だれっ⁉　わたしたちも知《し》っている人《ひと》？」

わたしもおどろいて、耳《みみ》をよせる。

「あっ、う〜ん。まあ、そうだね〜。知《し》っているといえば、知《し》っているかなあ……。」

マチ子《こ》ちゃんは言葉《ことば》をにごすように言《い》いながら、そばに置《お》いてあったマフラーで顔《かお》をかくしてしまった。半分飛《はんぶんと》び出《だ》している耳《みみ》は、まっ赤《か》だ。

失礼《しつれい》かもしれないけれど、はずかしがるしぐさが、なんだかとてもかわいらしい……。

「そうだ！　この前《まえ》のイベントで会《あ》った、ハナビちゃんのお友《とも》だちのリョウマ君《くん》⁉」

ルルが早《はや》おしクイズのように、テーブルをスパンッとたたく。

マチ子《こ》ちゃんは両人差《りょうひとさ》し指《ゆび》で、小《ちい》さくバツを作《つく》る。

「ええ〜、ちがうの？　ほかにいたっけ？　ここのマンションの管理人《かんりにん》さん……は、おじいちゃんだしな。」

頭《あたま》をぽりぽりかきながら、ルルが首《くび》をかしげる。

「近所《きんじょ》のコンビニの店員《てんいん》さん……？」

わたしも思《おも》い当《あ》たった人《ひと》を口《くち》にしたけれど、マチ子《こ》ちゃんは両腕《りょううで》をクロスして、大《おお》きなバツ印《じるし》を示《しめ》した。

「もっと、わたしたちと親《した》しい人《ひと》ってことなんじゃない？　あっ……。」

ルルが何《なに》かを思《おも》いつき、目《め》を大《おお》きく見開《みひら》く。わたしもつられて、ひらめいた。

「『アオ君《くん》の』」「お兄《にい》ちゃん？」「お兄《にい》さん？」

ふたりで同時《どうじ》に答《こた》えると、

「恋《こい》、しちゃったかも……。」

マチ子《こ》ちゃんは小《ちい》さくうめいて、テーブルに顔《かお》をつっぷした。

アオ君《くん》のお兄《にい》さんはカフェで働《はたら》いていて、クリスマスのイベントにドーナツ屋《や》さんを出《しゅっ》店《てん》したときに力《ちから》になってくれた。

「お兄《にい》ちゃん、たしかにカッコいいもんねっ！　いつから？　いつから好《す》きになったの？

LINE《ライン》とか、送《おく》ったりしてる？」

興奮《こうふん》したルルが、やつぎ早《ばや》にたずねる。

「いつからっていうか、気《き》がついたら、恋《こい》に落《お》ちていたっていうか〜。あのイベント以来《いらい》ね、毎日《まいにち》、ふとしたときに、お兄《にい》さんの顔《かお》がうかんでくるの。

職人気質《しょくにんかたぎ》で、きびしいところもステキだし、ちょっと照《て》れ屋《や》さんなのか、ぶっきらぼうな態度《たいど》のときもあるけど、それがまたカッコよくてさ……。」

「〝照《て》れ屋《や》さん〟っていうか、単《たん》に口《くち》が悪《わる》いだけの気《き》がするけど。」

ルルがつっこむけど、マチ子《こ》ちゃんには聞《き》こえていない。

「ヘアスタイルも、私服《しふく》もおしゃれだったし……。なんていうか、わたしの理想《りそう》が、服《ふく》を着《き》て歩《ある》いていたって感《かん》じかな〜。」

マチ子《こ》ちゃんは、しあわせそうに語《かた》る。

「そっか、そうなんだね。いいね。」

聞《き》いているわたしも、心《こころ》があたたかくなって、ワクワクしてくる。

「ほんとはね、この思《おも》いは、だれにも言《い》わないでおこうと思《おも》ったの。だって、美人《びじん》でもないし、メイクしか取《と》りえのない、ただの女子高校生《じょしこうこうせい》のわたしなんかじゃ、つり合《あ》うわけないもん……。

それに、お兄《にい》さん、ぜったいにモテモテだから、もうつき合《あ》っている人《ひと》もいるかもしれないし……。でも、ちょうどバレンタインなんだから、あまり重《おも》くならずにチョコをわたせるかなって思《おも》えて……。

だから、あした、お兄《にい》さんが働《はたら》いているカフェに行《い》こうと思《おも》うの。それで、お店《みせ》の場所《ばしょ》をふたりに教《おし》えてもらいたかったんだ。」

マチ子《こ》ちゃんが、やっと顔《かお》をマフラーから出《だ》した。

「そういうことなら、まかせてよ！」

ルルが立《た》ち上《あ》がる。わたしもつられて、となりに立《た》った。

「うん。わたしも、何《なに》ができるわけでもないけど、応援《おうえん》したい！」

「ふたりとも、ありがとう〜。だけど、店《みせ》にまでおしかけてチョコをわたすなんて、迷惑《めいわく》じゃないかな？　平気《へいき》かな？　行《い》っても、いいと思《おも》う？」

マチ子《こ》ちゃんが、心配《しんぱい》そうに言《い》う。

「マチ子《こ》ちゃん、自信《じしん》を持《も》って！」

わたしは思《おも》わず、力強《ちからづよ》く言《い》った。

「そうだよ、〝ただの〟とか、〝メイクしか取《と》りえのない〟なんて、言《い》わないで。

アオに、お兄《にい》ちゃんには彼女《かのじょ》がいるのかどうかをきいてみる！」

ルルはさっそくスマホを手《て》にする。すると、マチ子《こ》ちゃんがはじらうように、右手《みぎて》を小《ちい》さくあげた。

「あのさっ、できたら、生年月日《せいねんがっぴ》と血液型《けつえきがた》もさりげなくきいてもらっていい？　相性占《あいしょううらな》い、してみたくて……。」

「オッケ〜！　そうと決《き》まれば、作戦会議《さくせんかいぎ》だね。楽《たの》しくなってきた〜。」

ルルが声《こえ》をはずませる。

「あ〜、ずっとだれにも話《はな》せなかったから、気《き》がぬけちゃった……。」

マチ子《こ》ちゃんは、しぼんだ風船《ふうせん》のように、へなへなといすからずり落《お》ちそうになった。

いつもは明《あか》るくて、わりとマイペースだったマチ子《こ》ちゃんが、不安《ふあん》がったり、照《て》れたり、よろこんだり、いろんな表情《ひょうじょう》を見《み》せる。

だれかに恋《こい》をするって、すごいな。こんなにもいろんな感情《かんじょう》が飛《と》び出《で》てくるんだ。

その日《ひ》の夜《よる》は、マチ子《こ》ちゃんといっしょに夕《ゆう》ごはんを食《た》べながら、ルルがアオ君《くん》からそれとなくお兄《にい》さんの情報《じょうほう》をきき出《だ》したり、作戦《さくせん》を考《かんが》えたりした。

あした、聖《せい》なるバレンタインデーは、みんなにとってどんな一日《いちにち》になるだろう？

3 欲《よく》ばりな気《き》持《も》ち

二月《がつ》十四日《か》、バレンタインデー。

朝《あさ》からそわそわして、授業《じゅぎょう》の内容《ないよう》はすべて右《みぎ》の耳《みみ》から左《ひだり》の耳《みみ》へきれいに流《なが》れていった。

ユウト君《くん》は何時《なんじ》ごろ家《いえ》に帰《かえ》ってくるだろう？

手作《てづく》りのお菓子《かし》は日持《ひも》ちがしないから、早《はや》めに食《た》べてほしいな。夕《ゆう》ごはんのあとに、食《た》べてくれるかな。

んっ？　でもちょっと待《ま》ってよ……。

ユウト君《くん》は文化祭《ぶんかさい》のライブでもすごい人気《にんき》で、アイドルグループの一員《いちいん》と言《い》われているくらいだから、きっとチョコレートを山《やま》ほどもらってくるはず……。

わたしがわたすころには、あまいにおいをかぐのも、いやになっちゃっているかも……。

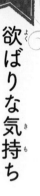

ふとそんな考《かんが》えがよぎり、今《いま》さら不安《ふあん》になる。

あ〜、また悪《わる》いほうに考《かんが》えちゃう。とにかく、きょうは早《はや》めにわたしに行《い》こう。あまり重々《おもおも》しくならないように、サクッと軽《かる》い感《かん》じでいこう！

そう心《こころ》に決《き》めて、放課後《ほうかご》、早々《そうそう》に教室《きょうしつ》を出《で》た。

ところが、ルルと帰《かえ》っているとちゅうに、マチ子《こ》ちゃんからＬＩＮＥ《ライン》がとどいた。

『やっぱり、ひとりじゃ行《い》けない……』

ＳＯＳ《エスオーエス》を受《う》けて、すぐに『いっしょに行《い》こう』と返事《へんじ》を打《う》った。

ルルはこのあとアオ君《くん》と約束《やくそく》がある。わたしは私服《しふく》に着《き》がえると、マチ子《こ》ちゃんと待《ま》ち合《あ》わせをして、お兄《にい》さんの働《はたら》くカフェへと向《む》かった。

念《ねん》のため、ユウト君《くん》にわたすガトーショコラもエコバッグの中《なか》に入《い》れてある。

「も〜、根性《こんじょう》なしで、ごめんね。いっしょについてきてだなんて無理《むり》言《い》って。ココちゃんだって、きょうはたいせつな日《ひ》なのに。」

マチ子《こ》ちゃんが心細《こころぼそ》そうに言《い》う。

きょうはおろした髪《かみ》をふわっとまいて、前髪《まえがみ》を横《よこ》に流《なが》しているせいか、ふだんのマチ子《こ》ちゃんよりも少《すこ》し大人《おとな》っぽく見《み》える。

「気《き》にしないで。マチ子《こ》ちゃんにとっても大事《だいじ》な日《ひ》だから！」

わたしは力《ちから》をこめて答《こた》える。自分《じぶん》のことだと、悪《わる》いほうに悪《わる》いほうに考《かんが》えちゃうけれど、人《ひと》のことだと、がんばれ！　って素直《すなお》に思《おも》える。

「ありがとう、ココちゃん。勇気《ゆうき》が出《で》た。」

マチ子《こ》ちゃんはラッピングされた箱《はこ》を、ギュッとだきしめた。

そのあとも、しばらくマチ子《こ》ちゃんは『やっぱり、今《いま》から帰《かえ》ろうか。』『なんで、わたそうなんて、図々《ずうずう》しいことを思《おも》っちゃったかな？』『でも、きょうの占《うらな》いでね、恋愛運《れんあいうん》は一位《い》だったんだ。』って、ジェットコースターのように気持《きも》ちがアップダウンしていたけれど、なんとかはげまして、お店《みせ》にたどり着《つ》いた。

ドーナツ屋《や》さんの責任者《せきにんしゃ》をお願《ねが》いしたとき、お兄《にい》さんはとってもきびしくて、このお店《みせ》で初《はじ》めて会《あ》ったときも、足《た》りないところをビシバシ指摘《してき》された。

でも、それはすべてお客《きゃく》さんのことを思《おも》ってのアドバイスだったし、挑戦《ちょうせん》しようとするわたしたちを、ずっと応援《おうえん》してくれたんだ。

だから、マチ子《こ》ちゃんがお兄《にい》さんを好《す》きになるのもよくわかる。

マチ子《こ》ちゃんの気持《きも》ちがとどくといいな。

ホールにいた店員《てんいん》さんに、お兄《にい》さんをよんでもらっているあいだ、わたしは少《すこ》しはなれた柱《はしら》のかげにかくれた。

しばらくして、お兄《にい》さんがやってくるのが見《み》える。

そっとのぞきこむとマチ子《こ》ちゃんは顔《かお》をまっ赤《か》にして、チョコをさしだし、何《なに》か話《はな》している。

ふたりの声《こえ》は、聞《き》こえてこない。

ほんの少《すこ》したって、お兄《にい》さんが店《みせ》の中《なか》へもどる。

マチ子《こ》ちゃんは、ギギ～ッとロボットみたいにふりむくと、こちらへ走《はし》ってきた。

「おつかれさま、どうだった？」

わたしはいてもたってもいられず、柱《はしら》から飛《と》び出《だ》す。

「『ドーナツの次《つぎ》は、チョコレート屋《や》をやんの？』って、言《い》われちゃった……。」

マチ子《こ》ちゃんは両手《りょうて》でほおをおさえながら、もごもごと話《はな》す。

「それで……？」

ドキドキしながら、マチ子《こ》ちゃんの返事《へんじ》を待《ま》つと、

「『ああ、そっか。』『どうも。』って、受《う》け取《と》ってくれたの～。それにね、『帰《かえ》り、気《き》をつけろよ。』って言《い》ってくれた。はあ～、緊張《きんちょう》した～。」

ピンッと張《は》りつめていた糸《いと》が切《き》れたみたいに、マチ子《こ》ちゃんは、大《おお》きく息《いき》をはきだした。

「よかったね～！　おつかれさま～！」

わたしはマチ子《こ》ちゃんの腕《うで》を力《ちから》いっぱいだきしめた。

帰《かえ》り道《みち》、マチ子《こ》ちゃんは幸《しあわ》せそうに、人気《にんき》の片思《かたおも》いソングを口《くち》ずさんでいた。

マンションの前《まえ》まで来《き》たところで、

「あっ、ユウトくーん！」

マチ子《こ》ちゃんは大《おお》きな声《こえ》でよんだ。

歩道《ほどう》の向《む》こう側《がわ》から、制服姿《せいふくすがた》のユウト君《くん》が歩《ある》いてくるのが見《み》える。

私立中《しりつちゅう》に通《かよ》うユウト君《くん》はわたしと同《おな》じマンションに住《す》んでいる。

わたしはしぜんと、エコバッグの持《も》ち手《て》をにぎりしめた。今《いま》だ、今《いま》がチャンス。

ユウト君《くん》はわたしたちに気《き》がつき、ペコッと頭《あたま》を下《さ》げた。

「今学校《いまがっこう》から帰《かえ》ってきたところ？　あれっ、えっ？　待《ま》って、これって、ひょっとして、全部《ぜんぶ》チョコレート⁉」

マチ子《こ》ちゃんは、ユウト君《くん》が持《も》っている大《おお》きな紙袋《かみぶくろ》をのぞいた。

「ああ、まあ。」

「ヒュ～、モッテモテ～。」

マチ子《こ》ちゃんがちゃかすと、ユウト君《くん》は気《き》まずそうに答《こた》える。

「〝義理《ぎり》チョコ〟ですよ。」

本人《ほんにん》はそんなふうに言《い》うけれど、大《おお》きなハートのボックスにラッピングされたものや、有名《ゆうめい》なブランドのロゴが書《か》いてあるものが見《み》える。

〝義理《ぎり》〟とは思《おも》えないものばかり……。

ああ……、想像《そうぞう》どおりの姿《すがた》に、立《た》ちくらみしそうになる。

「すごいね。こんな〝ザ・モテ男《おとこ》〟っぷり、リアルで初《はじ》めて見《み》た。」

マチ子《こ》ちゃんが感心《かんしん》したように言《い》うと、

「大《おお》げさだよ。それよりふたりは、買《か》い物帰《ものがえ》り？」

ユウト君《くん》は話題《わだい》をそらすようにたずねた。

「ううん。ちょっと、用事《ようじ》があってね。ココちゃんが助《たす》けてくれたの。」

マチ子《こ》ちゃんがウインクをする。

「あっ、しまった。きょうの特番《とくばん》、録画予約《ろくがよやく》してって、親《おや》にたのまれていたんだった。ごめん、わたしは先《さき》に帰《かえ》るね！」

わたしの背中《せなか》をポンッとやさしくたたくと、走《はし》ってマンションの中《なか》へ入《はい》っていった。

去《さ》りぎわ、わたしにだけ聞《き》こえる声《こえ》で、『気《き》にしないで！　ユウト君《くん》にとっては、ほんとに〝義理《ぎり》チョコ〟なんだよ。』と言《い》い残《のこ》して。

ありがとう、マチ子《こ》ちゃん。わたしもがんばるぞ。

「あの、ユウト君《くん》っ！」

思《おも》いのほか、大《おお》きな声《こえ》が出《で》てしまった。

「声《こえ》、でかいな。」

ユウト君《くん》がフフッとふきだす。

「ごめんっ。えっと、これ、ガトーショコラ……、よかったら食《た》べてください。」

わたしはエコバッグの中《なか》から、ラッピングした箱《はこ》を取《と》り出《だ》した。

「えっ、ココが作《つく》ったの？」

「うん……。きのう、ルルとふたりで。」

はずかしくて、思《おも》わず目《め》をふせる。

ユウト君《くん》は、手《て》に持《も》っていた箱《はこ》を受《う》け取《と》った。チラッと顔《かお》を上《あ》げると、
ほほえむユウト君《くん》と目《め》が合《あ》った。

「ありがとう。」

「すぐに食《た》べちゃうのは、もったいないから、あとでゆっくりもらうよ。」

「うん！」

そのまま、マンションに向《む》かっていっしょに歩《ある》きだす。

よかった。ほんとは、食《た》べてくれるところまで見《み》ていたいけど、それはがまんしよう。

マチ子《こ》ちゃん、ルル。ちゃんとわたせたよ！

わたしは心《こころ》の中《なか》で、ふたりに報告《ほうこく》をした。

ユウト君《くん》のお母《かあ》さんはクリスマスのライブを見《み》てから、ユウト君《くん》が音楽《おんがく》を続《つづ》けることに前《まえ》ほど反対《はんたい》しなくなったのだそうだ。キーボードを家《いえ》に持《も》ち帰《かえ》れるようになったと、うれしそうだ。

もし、アメリカに行《い》くことになったら、ユウト君《くん》とぐうぜん会《あ》っておしゃべりすることなんてなくなっちゃうんだ……。

「あのね……、ユウト君《くん》に、話《はな》さなきゃいけないことがあるの。」

考《かんが》えたくなくて、バレンタインを理由《りゆう》に、頭《あたま》のすみにおいやっていた問題《もんだい》が、もくもくと広《ひろ》がってくる。

「どうした？」

「うん……。えっと……、お父《とう》さんが転勤《てんきん》でアメリカへ行《い》くことになったの。」

「えっ、アメリカ？　いつから？」

ユウト君《くん》がおどろいてわたしの顔《かお》を見《み》た。

「三月《がつ》の終《お》わりには、向《む》こうに行《い》くって言《い》ってた。」

「それは……。急《きゅう》だな。」

「うん。あっ、でも一年間《ねんかん》だけだから。」

「ココも行《い》くの？」

「ううん。たった一年《ねん》だし、単身赴任《たんしんふにん》って聞《き》いているんだけど……。ルルは自分《じぶん》も行《い》きたいって言《い》っているの。それは会社《かいしゃ》の人《ひと》に確認《かくにん》しないとわからないみたいだけど……。もしルルもアメリカへ行《い》くことになったら、わたしもいっしょに行《い》かなきゃいけなくなるかも……。」

「えっ？」

ユウト君《くん》がおどろきの声《こえ》をあげる。

「今《いま》はまだ、これからどうなるか、わからないんだ……。」

「そっか。最初《さいしょ》は、英語《えいご》の勉強《べんきょう》がたいへんだとは思《おも》うけど、もしも行《い》けるものなら、ついていってもいいんじゃないかな？　中学生《ちゅうがくせい》のうちに日本《にほん》を出《で》て世界《せかい》の広《ひろ》さを感《かん》じられるって、すごくいい経験《けいけん》になると思《おも》う。

将来《しょうらい》に向《む》けて、視野《しや》も広《ひろ》がるだろうし。特《とく》にルルは、スケボーが共通語《きょうつうご》みたいなところがあるから、言葉《ことば》の壁《かべ》はすぐに越《こ》えちゃうかもしれないね。」

ユウト君《くん》は、つらつらと話《はな》しながら、到着《とうちゃく》したエレベーターの中《なか》へ乗《の》りこんだ。

「うん……。そうだね。」

あれ……？　なんだろう……。

胸《むね》の中《なか》にちょっぴり違和感《いわかん》を覚《おぼ》える。

ユウト君《くん》が言《い》ってくれたことは、とても納得《なっとく》できる。

中学生《ちゅうがくせい》のうちに、世界《せかい》の広《ひろ》さを知《し》る体験《たいけん》ができるのは、いいことなのかもしれない。

でも、ちょっとだけ、さびしくなった。

ユウト君《くん》にとって、一年間《ねんかん》、わたしと会《あ》えなくなることは、べつにいやじゃないんだっ

て、思《おも》ってしまった……。

今《いま》までは、『ユウト君《くん》にどう思《おも》われても、わたしは好《す》き。その気持《きも》ちをたいせつにしたい。それでいい』って思《おも》えていたのに。

いつのまにか、欲《よく》ばりになっている自分《じぶん》に気《き》がついた。

エレベーターの中《なか》はシーンとしたまま、あっという間《ま》に七階《かい》についた。

ユウト君《くん》は『ガトーショコラ、ありがとう。』と、もう一度《いちど》言《い》ってくれた。笑顔《えがお》で別《わか》れたけれど、もやもやした気持《きも》ちは晴《は》れなかった。

夕《ゆう》ごはんを作《つく》っている最中《さいちゅう》に、テンションの高《たか》いルルが帰《かえ》ってきた。

アオ君《くん》にガトーショコラをよろこんでもらえて、その場《ば》でいっしょに食《た》べてきたらしい。

「それでね、もしかしたら、お父《とう》さんの仕事《しごと》の都合《つごう》でアメリカへ行《い》くかもって、アオに話《はな》したの。そしたら、『え〜、それはさびしい。』『「星《ほし》カフェ」はどうなるの?』『スケボーの練習仲間《れんしゅうなかま》が減《へ》る。』って言《い》われた。

決定《けってい》じゃないし、〝もしも〟の話《はなし》だから、ないしょねって念《ねん》をおしといたけどね。」

ルルは、ちょっぴりうれしそうに報告《ほうこく》した。

「ふ〜ん。なんだか、つき合《あ》っているみたいな会話《かいわ》だね〜。」

ちゃかすように言《い》うと、ルルは、ニターッと笑《わら》う。

「あっ、やっぱり？　そう思《おも》う？　でもさ〜、はっきりしないんだよね〜。アオもさ、あたしのこと好《す》きっぽいんだけどさ〜。」

そっか……。ルルは、アオ君《くん》に『さびしい』って言《い》われたんだ。

いいな……。ユウト君《くん》は、そうは言《い》わなかった。

ドロッとした思《おも》いが心《こころ》をおおっていく。その気持《きも》ちをさけるように、

「さっ、お腹《なか》が空《す》いたから、ごはんにしよう。」

わたしは明《あか》るく声《こえ》をかけた。

そして、バレンタインデー最後《さいご》のイベント。夜《よる》おそくに帰《かえ》ってきたお父《とう》さんに、ルルとふたりでガトーショコラをプレゼントした。

ダイニングテーブルにすわって、三人《にん》でいっしょに食《た》べていると、

「ん〜、うまいな。ふたりとも、ドーナツ屋《や》さんをやってから、料理《りょうり》もお菓子《かし》作《づく》りも、腕《うで》

をあげたんじゃないか？」

お父《とう》さんが感心《かんしん》しながら言《い》った。

「好《す》きな人《ひと》がいると、よけいにね。」

ルルが小声《こごえ》でつけくわえる。

「じつはきょう、家族《かぞく》でアメリカへ転勤《てんきん》したことのある上司《じょうし》に、話《はなし》をきいたんだ。」

お父《とう》さんが、急《きゅう》にまじめな顔《かお》で話《はな》しはじめた。

「えっ!?　それでっ？　それでっ？」

ルルが食《く》いつくようにたずねる。

「もし家族《かぞく》もいっしょに行《い》くなら、改《あらた》めて会社《かいしゃ》に申請《しんせい》すれば、とくに問題《もんだい》はないらしい。」

お父《とう》さんが答《こた》えてすぐ、ルルは飛《と》び上《あ》がってよろこぶ。

「やったー!!」

「気《き》が早《はや》いぞ。その人《ひと》も『三年《ねん》ならまだしも、一年《ねん》っていうのは中途半端《ちゅうとはんぱ》だし、娘《むすめ》さんたちはたいへんなんじゃないか。』って、心配《しんぱい》されていたからな。」

お父《とう》さんは一度《いちど》言葉《ことば》を切《き》ると、わたしに体《からだ》を向《む》けた。

「ココはこの話《はなし》に関《かん》しては、あまり乗《の》り気《き》じゃないみたいだし、ルルとふたりで、ちゃんと話《はな》し合《あ》ってから決《き》めなさい。」

「うん……。」

「わかった！　ココ、アメリカに行《い》こうよ！　ぜったいに、いい経験《けいけん》になるよ。」

返事《へんじ》にわりこんで、ルルがわたしの手《て》を引《ひ》っ張《ぱ》る。

「こら、ルル。無理《むり》じいはだめだよ。」

「無理《むり》やりじゃないもーん。」

ルルは、お父《とう》さんに口《くち》をとがらせてみせる。

わたしも……、ほんとにアメリカに行《い》きたいの？

ちょっと……、時間《じかん》がほしい。

答《こた》えようとした返事《へんじ》は、声《こえ》にもならず、のどの奥《おく》に消《き》えていった。

4 やっぱり続《つづ》けたい……

はっきりと『アメリカへ行《い》きたい！』と言《い》えるルルとちがって、わたしはまだ、あやふやな気持《きも》ちのまま迷《まよ》っている。

ピンポーンとインターホンの音《おと》が鳴《な》りひびく。

「おっ、来《き》た来《き》た。きょうはだれがトップバッターかな～。」

ルルが小走《こばし》りで、インターホンの画像《がぞう》に向《む》かう。

きょうは、みんなでごはんを食《た》べる『星《ほし》カフェ』の日《ひ》だ。

最初《さいしょ》にマチ子《こ》ちゃんとアオ君《くん》が到着《とうちゃく》すると、間《あいだ》を空《あ》けずに、小学《しょうがく》六年生《ねんせい》の日下部《くさかべ》穂乃果《ほのか》ちゃんと、アイミちゃんがやってきた。

ユウト君《くん》は用事《ようじ》があって、あとから来《く》ることになっている。

「きょうのメニューは、『塩《しお》ちゃんこ鍋《なべ》』で～す。どすこいっ！」

ルルがいつもの調子《ちょうし》で言《い》った。

キッチンには、とりのひき肉《にく》やキャベツにシイタケ、長《なが》ネギにマイタケなどなど、たくさんの具材《ぐざい》がならんでいる。

「どすこいっ！　わたし、ちゃんこ鍋《なべ》って初《はじ》めて食《た》べるわ。楽《たの》しみ～。」

マチ子《こ》ちゃんもノリを合《あ》わせて答《こた》える。

「ではさっそく、野菜《やさい》を準備《じゅんび》したい人《ひと》は、あたしとキッチンに来《き》てくださーい。肉団子《にくだんご》を作《つく》りたい人《ひと》は、ココのところへ集《あつ》まってくださ～い。」

ルルのよびかけで、二つのチームに分《わ》かれた。

マチ子《こ》ちゃんとアオ君《くん》が、ルルといっしょにキッチンで野菜《やさい》の準備《じゅんび》。

わたしとノカちゃんとアイミちゃんは、テーブルの上《うえ》で肉団子《にくだんご》を作《つく》りはじめる。

アイミちゃんは、ドーナツ屋《や》さんの準備《じゅんび》を手伝《てつだ》ってもらったのがきっかけで、『星《ほし》カフェ』に来《き》てくれるようになった。

学校《がっこう》でも少《すこ》しずつ会話《かいわ》が増《ふ》えて、今《いま》では名前《なまえ》でよび合《あ》えるようになっている。

材料《ざいりょう》をガラスのボウルに入《い》れて、わたしが手《て》でとりのひき肉《にく》をこねていると、

「あっ、ココちゃん、そでがお肉《にく》につきそう。」

アイミちゃんがわたしのトレーナーのそでをまくってくれた。

「ありがとう。じゃあ、そろそろ丸《まる》めて、お団子《だんご》を作《つく》ろっか。」

ボウルの中《なか》から、スプーンでなるべく均等《きんとう》になるように具《ぐ》を取《と》り、手《て》のひらで丸《まる》めて肉《にく》団子《だんご》を作《つく》る。

同《おな》じ大《おお》きさにそろえるのがむずかしいけれど、順調《じゅんちょう》にお皿《さら》の上《うえ》に肉団子《にくだんご》がならんでいく。

「もうすぐ新学期《しんがっき》かあ……。」

アイミちゃんが肉《にく》を丸《まる》めながら、つぶやいた。

「あれ……？　ということは、クラスがえっ⁉」

大事《だいじ》なことを、今《いま》になって思《おも》い出《だ》す。

せっかくアイミちゃんと仲《なか》よくなれたのに、はなれてしまったらどうしよう。

でもそれ以前《いぜん》に、アメリカへ行《い》くことになったら、クラスがはなれるどころの話《はなし》じゃな

い。

「ココちゃんと、また同《おな》じクラスになれるといいな。」

アイミちゃんが、ぼそっと口《くち》にした。

「わたしも、いっしょのクラスがいい……。」

アイミちゃんが同《おな》じ気《き》持《も》ちでいてくれたのがうれしい。だけど、申《もう》し訳《わけ》ない気《き》持《も》ちもわいてくる。

「どうかした？」

口《くち》をつぐんだわたしを、アイミちゃんが気《き》にかける。

「ううん、なんでもない。そうだ、新学期《しんがっき》といえば、ノカちゃんも春《はる》からは中学生《ちゅうがくせい》だね。」

話題《わだい》を変《か》えようと、ノカちゃんに声《こえ》をかける。

「うん。四月八日《がつようか》が入学式《にゅうがくしき》。制服《せいふく》もとどいたよ。」

ノカちゃんが答《こた》えたけれど、急《きゅう》に声《こえ》のトーンを落《お》とす。

「中学生《ちゅうがくせい》になれるのかな？　入学式《にゅうがくしき》に行《い》けなかったら、どうしよう……？」

ノカちゃんは一学期《がっき》から学校《がっこう》に行《い》っていない。

「あまり気負《きお》うことないよ。」

キッチンにいるマチ子《こ》ちゃんが、カウンターの向《む》こう側《がわ》から答《こた》えた。そういえば、マチ子《こ》ちゃんも中学生《ちゅうがくせい》のころは、学校《がっこう》に行《い》かなかった時期《じき》があった。

「もし入学式《にゅうがくしき》に行《い》かれなかったら、そこで終《お》わりだなんて、思《おも》わないでね。ここに来《く》れば、みんなには会《あ》えるんだし。まあ、勉強《べんきょう》は教《おし》えられないけど、メイクの仕方《しかた》ならまかせて～。」

マチ子《こ》ちゃんがピースサインを見《み》せた。

「うん。そうだね！　ここがあるもんね。」

ノカちゃんが、ほっとした表情《ひょうじょう》をした。

『星《ほし》カフェ』を、そんなに大事《だいじ》な場所《ばしょ》だと思《おも》ってくれていたんだ……。

どうしよう、『一年間《ねんかん》お休《やす》みします。』なんて、言《い》えないよ。

同《おな》じことを感《かん》じたのか、ルルも目《め》をふせたけれど、

「よし……。野菜《やさい》は準備完了《じゅんびかんりょう》～！」

切《き》りかえるように大《おお》きな声《こえ》で言《い》った。

テーブルの真《ま》ん中《なか》にガスコンロを置《お》き、具《ぐ》が山《やま》ほどつまったお鍋《なべ》をのせた。

用意《ようい》がすべて整《ととの》ったところに、ユウト君《くん》もやってきた。みんなでテーブルをかこんで、鍋《なべ》のできあがりを待《ま》つ。

湯気《ゆげ》が立《た》ちはじめたので、ふたを開《あ》けると、おいしそうなにおいがあたりに広《ひろ》がる。

「ん～、いいにお～い。そろそろ、いいんじゃない？」

ルルが鼻《はな》を近《ちか》づける。

「追加《ついか》で入《い》れたキャベツが、まだちょっと固《かた》いかも……？」

わたしは菜箸《さいばし》でキャベツをつまんだ。

「長《なが》ネギも、もう少《すこ》しかかりそうだね。」

アイミちゃんもストップをかけたので、もう一度《いちど》ふたをして、火力《かりょく》を強《つよ》める。

「ココ、そろそろいい？　そろそろじゃない？　ねえ、そろそろいいよね？」

一分《ぷん》とたたないうちに、ルルが空《から》の器《うつわ》を持《も》って、しつこくたずねてくる。

「ルルも、白《しろ》いごはんでも食《た》べてよーぜ。」

アオ君《くん》が白米《はくまい》をかきこみながら言《い》った。ルルが口《くち》をとがらす。

「え〜、ちゃんこといっしょに食《た》べたいじゃん。」

「せっかちだね〜。」

マチ子《こ》ちゃんはゆったりした口調《くちょう》で言《い》うけれど、体《からだ》は前《まえ》のめりで、手《て》にはしっかり器《うつわ》がのっている。みんなからのプレッシャーがあまりにもすごいので、

「はいっ！　お待《ま》たせしました！」

圧《あつ》をふりはらうように、わたしは鍋《なべ》のふたを開《あ》けた。

器《うつわ》に取《と》り分《わ》けているあいだも、『ひとり何個《なんこ》まで肉団子《にくだんご》を食《た》べられる。』とか、『自分《じぶん》のには、シイタケが入《はい》っていない。』とか、みんなであぁだこうだと言《い》い合《あ》っている。

ようやく全員《ぜんいん》に取《と》り分《わ》けられたところで、いっせいに食《た》べはじめた。

具《ぐ》が熱《あつ》いから、すぐに飲《の》みこめない。でもお腹《なか》が空《す》いているから、早《はや》く食《た》べたい。

そんな矛盾《むじゅん》の中《なか》で、みんな口《くち》をハフハフと動《うご》かしながら食《た》べている姿《すがた》がおかしくて、つい笑《わら》ってしまった。

「うっま〜。」

アオ君《くん》がいちばんに声《こえ》をあげた。マチ子《こ》ちゃんが味《あじ》わうように汁《しる》を飲《の》みこむ。

「ほんと、いろんな味《あじ》がしみこんでいて、おいしい！」

「なあ、ココ。このだし汁《じる》がうまいから、鍋《なべ》の最後《さいご》に雑炊《ぞうすい》にできないかな？」

ユウト君《くん》がいきいきした目《め》をわたしに向《む》けた。

「それ、最高《さいこう》じゃん。」

ルルが反応《はんのう》する。わたしも話《はなし》に乗《の》った。

「わあ、いいね。うどんかラーメンもおいしそうじゃない？」

「それも、いいね。」

ルルがふりかえる。

楽《たの》しいな……。

みんなでごはんを食《た》べるって、何倍《なんばい》も料理《りょうり》をおいしくする。

去年《きょねん》の今《いま》ごろは、ルルとふたりだけの食卓《しょくたく》が多《おお》かったけれど、今《いま》は転校《てんこう》してしまった三《み》浦朱里《うらしゅり》ちゃんが来《き》て、アオ君《くん》、ノカちゃん、ユウト君《くん》、マチ子《こ》ちゃんにアイミちゃんまで来《き》てくれるようになった。

ノカちゃんも最初《さいしょ》のころは、シュリがいないとあまり話《はな》せなかったけれど、今《いま》はひとりでもすっかりみんなとなじんでいる。

「やっぱり、続《つづ》けたい……。」

無意識《むいしき》に口《くち》からこぼれた。

「んっ？　何《なに》を？」

マチ子《こ》ちゃんが、きょとんとした表情《ひょうじょう》でたずねた。

「あっ、ごめん。急《きゅう》にへんなことを言《い》っちゃって。」

わたしはあわてて口《くち》をふさぐ。ごまかそうとしたけれど、

「『星《ほし》カフェ』を続《つづ》けたいってこと？」

ルルがわたしをじっと見《み》つめた。

「うん……。お休《やす》みしたくない。だから……、ごめん。アメリカへは行《い》かない。」

しりすぼみに小《ちい》さくなっていく声《こえ》を、なんとか最後《さいご》まで口《くち》に出《だ》すようにして思《おも》いを伝《つた》える。

ルルはため息《いき》をついたあと、口《くち》を開《ひら》いた。

「そっか～。ココはそう言《い》うかなって、ちょっと思《おも》ってたんだよね。」

「ええ？　ちょっと〜。話《はなし》についていけていないのは、わたしだけ？」

マチ子《こ》ちゃんがみんなの顔《かお》を見回《みまわ》す。ノカちゃんとアイミちゃんのふたりは、そろって首《くび》を横《よこ》にふる。アイミちゃんがわたしを見《み》た。

「どういうこと？　留学《りゅうがく》しちゃうの？」

ノカちゃんもこまった顔《かお》で続《つづ》ける。

「『星《ほし》カフェ』、なくなっちゃうの？」

「ごめんね、わけがわからないよね。」

ルルは先《さき》にあやまると、お父《とう》さんの転勤《てんきん》の話《はなし》や、自分《じぶん》たちもアメリカへ行《い》くかもしれないこと、日本《にほん》に残《のこ》るとしたら、遠《とお》い親戚《しんせき》のおばさんたちとここで暮《く》らすかもしれないことを、みんなに説明《せつめい》した。

「ええ〜。そんな話《はなし》が進《すす》んでいたの⁉」

マチ子《こ》ちゃんがおどろいてのけぞると、ルルが申《もう》し訳《わけ》なさそうに言《い》う。

「正式《せいしき》に決定《けってい》したわけじゃないから言《い》えなかったんだ。」

「でも、ココちゃんだけが日本《にほん》に残《のこ》るの？　ルルやお父《とう》さんとはなればなれになっちゃうってことだよね？」

アオ君《くん》が心配《しんぱい》そうにたずねた。

「うん。それがいやで、迷《まよ》っていたんだけど……。でも、きょうみんなとごはんを食《た》べていたら、楽《たの》しくて、うれしくて、このままいっしょにいたいって、改《あらた》めて思《おも》ったの。」

わたしはみんなに向《む》かって話《はな》す。

「親戚《しんせき》の人《ひと》とここでいっしょに暮《く》らすことになったら、こんなふうに集《あつ》まれるの？」

ユウト君《くん》が冷静《れいせい》にたずねると、ノカちゃんが不安《ふあん》そうにわたしを見《み》る。

「えっと、それは、おばさんたちにもちゃんと説明《せつめい》して、オーケーしてもらえるようにするから。『星《ほし》カフェ』は、ぜったいに続《つづ》ける。」

言葉《ことば》に力《ちから》がこもる。

今《いま》まで、おばさんたちと暮《く》らすのはいやだと思《おも》っていたのに、はっきりと『星《ほし》カフェ』を続《つづ》けたいと思《おも》ったら、『なんとかするぞ』って、勇気《ゆうき》に変《か》わっていく。

「だから、これからも来《き》てくれるかな……？」

わたしはみんなにたずねる。すると、

「もちろんっ。」

アオ君《くん》が答《こた》えた。

「あたりまえだろ。」

ユウト君《くん》もやさしいまなざしで、わたしを見《み》た。


『星《ほし》カフェ』が終《お》わって、みんなが帰《かえ》ったあと、

「ココの決意《けつい》は、よーくわかったけど、ほんとにだいじょうぶ？」

ルルは真剣《しんけん》な顔《かお》でたずねる。

「わからない……。でも、わたしはいつもルルにたよってしまっているから、自分《じぶん》でもチャレンジしてみたいの。『星《ほし》カフェ』も続《つづ》けたい。いっしょに行《い》かれなくて、ごめんね。」

「まあ……、しょうがないか〜。わかったよ。おたがい、がんばろ！」

ルルはしぶしぶうなずいたあと、カラッと笑《わら》った。

その日《ひ》の夜《よる》おそくに帰《かえ》ってきたお父《とう》さんに、わたしとルルは、話《はな》し合《あ》った結論《けつろん》を伝《つた》え

た。お父《とう》さんはだまって聞《き》いたあと、

「うん……。おまえたちの気持《きも》ちは、伝《つた》わったよ。」

ふっと息《いき》をはいて、やさしくほほえんだ。

「さーて、じゃあ、まずは会社《かいしゃ》に申請《しんせい》して、親戚《しんせき》のおばさんにも連絡《れんらく》をしないといけないな。もし正式《せいしき》に許可《きょか》がおりたら、これからいそがしくなるぞ。特《とく》にルル、しっかり英語《えいご》の勉強《べんきょう》をしとけよ。」

「まかせなさーい、あっ、ちがう。イエース！」

ルルはお父《とう》さんに、胸《むね》をたたいてみせた。

それからはお父《とう》さんが言《い》ったとおり、あわただしい毎日《まいにち》がやってきた。

学校《がっこう》では学年末《がくねんまつ》ってことで期末試験《きまつしけん》があったし、おばさんたちが引《ひ》っこしてきたら、お父《とう》さんの部屋《へや》とルルの部屋《へや》を使《つか》うので、大《おお》そうじをしたり、荷物《にもつ》を整理《せいり》したりで、もうたいへん。

お父《とう》さんとルルが行《い》ってしまうことを実感《じっかん》するひまもないくらい、いそがしい。だけど、日一日《ひいちにち》と部屋《へや》がかたづいていくほどに心《こころ》の中《なか》に冷《つめ》たい風《かぜ》がふきこんでくる。

じんわりと涙《なみだ》がうかぶこともあった。
やっぱりわたし、さびしいのかな……。

5 新《あたら》しい家族《かぞく》

三月《がつ》になって、親戚《しんせき》の小川雪乃《おがわゆきの》さんと、その娘《むすめ》の姫《ひめ》ちゃんが、一日《にち》だけ名古屋《なごや》から上京《じょうきょう》してきた。

四月《がつ》からいっしょに住《す》むふたりを前《まえ》にして、最初《さいしょ》はすごく緊張《きんちょう》した。

ユキノさんはショートヘアで若々《わかわか》しく見《み》え、性格《せいかく》も明《あか》るそうだ。わたしにも気《き》さくに話《はな》しかけてくれたので、会《あ》って早々《そうそう》に不安《ふあん》がうすれた。

娘《むすめ》のヒメちゃんは四月《がつ》から小学《しょうがく》三年生《ねんせい》になる。

ユキノさんとはちがってとてもおとなしく、こちらから話《はな》しかけても、ユキノさんが代《か》わりに答《こた》えることが多《おお》かった。

短《みじか》い時間《じかん》しか会《あ》っていないけれど、ふたりともいい人《ひと》たちそうで、少《すこ》しほっとした。

引《ひ》っこし準備《じゅんび》は着々《ちゃくちゃく》と進《すす》み、テレビのまわりに置《お》かれていたルルのスケボーのDVD《ディーブイディー》や、リビングのすみにあったお父《とう》さんのゴルフ練習《れんしゅう》マットもかたづけられ、ふたりの気配《けはい》が家《いえ》の中《なか》からどんどんなくなっていく。

わたしはそれがさびしくて、時《とき》おり手伝《てつだ》いをサボっては、ペットのニシヘルマンリクガメのカメ子《こ》を連《つ》れて、バルコニーに逃《に》げていた。

カメ子《こ》はいつもと変《か》わらず、ゆっくり一歩一歩《いっぽいっぽ》をふみしめて歩《ある》いている。

あわただしく変化《へんか》していく毎日《まいにち》の中《なか》でも、その姿《すがた》を見《み》ていると、自分《じぶん》のリズムにもどしてくれるように感《かん》じる。

そして、三月最後《がっさいご》の日曜日《にちようび》の朝《あさ》がやってきた。

きょう、ルルとお父《とう》さんはアメリカへ旅立《たびだ》つ。

洗面所《せんめんじょ》で歯《は》をみがいていると、寝起《ねお》きのルルがやってきた。

「んっ。」

歯《は》ブラシをくわえているので、〝おはよう〟の代《か》わりに手《て》をふる。

「んっ。」

同《おな》じように歯《は》ブラシを口《くち》に入《い》れたルルも、手《て》をふってこたえた。

鏡《かがみ》の中《なか》で、ねぼけたルルとわたしが、せまそうにならんでいる。

寝《ね》起《お》きのルルは、髪《かみ》も結《むす》んでいないし、目《め》がとろんとしているせいで、わたしがふたりいるみたい。

こうやっていっしょにいられるのも、きょうだけ。

ほんとに行《い》っちゃうんだ……。

口《くち》をゆすぎ、未練《みれん》をはらうように冷《つめ》たい水《みず》で顔《かお》をあらう。先《さき》に洗面所《せんめんじょ》を出《で》ようとしたら、

「やっぱり、いっしょに行《い》く？　今《いま》からでも、おそくないよ。」

ルルが声《こえ》をかけた。

「それは無理《むり》でしょ。飛行機《ひこうき》のチケットだって、ふたり分《ぶん》しかないのに。」

「双子《ふたご》で同《おな》じ顔《かお》だから、ふたりでひとりになりきるの。それで、ときどき入《い》れかわる。」

『名案《めいあん》でしょ』って顔《かお》をして、ルルが言《い》った。

「ルルがすわっているあいだは、わたしがトイレとかに、かくれてるってこと？」

「そうそう。それか、トランクの中《なか》にかくれるとか？」

「見《み》つかったら、大事件《だいじけん》になっちゃうよ。」

ルルが言《い》った突拍子《とっぴょうし》もないアイディアを想像《そうぞう》して、わたしはふきだしてしまった。

「今《いま》のはじょうだん。ココはあしたの飛行機《ひこうき》で追《お》いかけてくればいいんじゃない？」

ルルはまだ続《つづ》ける。

「引《ひ》っこしの準備《じゅんび》が間《ま》に合《あ》わないってば。それにっ——。」

軽《かる》い調子《ちょうし》で答《こた》えようとしたけれど、言葉《ことば》につまった。ルルはまじめな顔《かお》で、わたしを見《み》ていた。

ダメ……。そんな顔《かお》をされたら、『わたしも行《い》く。』って答《こた》えてしまいそうになる。今《いま》なら、まだ間《ま》に合《あ》うかもって、すがってしまいそうになる。

「わたしは……、だいじょうぶ！　一年《ねん》なんて、あっという間《ま》よ。」

あまえそうになる言葉《ことば》をのみこんで、せいいっぱい声《こえ》を張《は》り上《あ》げた。

「そうだね……。」

ルルはか細《ぼそ》い声《こえ》で答《こた》えたあと、すぐに表情《ひょうじょう》を変《か》えた。

「つらかったら、いつでもアメリカにおいでね。『日本《にほん》に残《のこ》りたいって自分《じぶん》が決《き》めたのに、あまえちゃダメ』とか、へんな意地《いじ》を張《は》ることはないからね！」

「そんなこと、しないよ。」

「いーや、ココならぜったいにがまんしちゃうでしょ。アメリカにいるあたしたちを心配《しんぱい》させちゃダメだって思《おも》うはず。」

ルルは当然《とうぜん》のことのように言《い》った。

たしかに……、それは思《おも》っちゃいそう。

「だけど、ルルこそ、『アメリカへ行《い》きたいって言《い》いだしたんだから、弱音《よわね》ははかない』とか、意地張《いじは》っちゃいそうじゃない。」

「それは言《い》える。まあ、とにかく、苦《くる》しくなったら、必《かなら》ず言《い》ってね。たとえアメリカにいようがどこにいようが、あたしとお父《とう》さんは、いつもココといっしょだよ。」

「うんっ。」

「じゃあ、ちょっくらアメリカへ、行《い》ってくるわ。」

ルルはおどけた顔《かお》で笑《わら》った。

空港《くうこう》までは、わたしとアオ君《くん》がいっしょについていった。

地元《じもと》の駅《えき》から出発《しゅっぱつ》するリムジンバスに乗《の》って、成田空港《なりたくうこう》まで行《い》く。

時間《じかん》にはよゆうを持《も》って出発《しゅっぱつ》したにもかかわらず、高速道路《こうそくどうろ》で起《お》きた玉《たま》つき事故《じこ》の渋滞《じゅうたい》のせいで、チェックイン締《し》め切《き》り時間《じかん》ギリギリに到着《とうちゃく》した。

広《ひろ》い空港《くうこう》の中《なか》を、お父《とう》さんとアオ君《くん》が大《おお》きなスーツケースを持《も》って走《はし》り、ルルとわたしがそのあとを追《お》いかける。

すべりこむようにチェックインをすませ、保安検査場《ほあんけんさじょう》に到着《とうちゃく》すると、

「じゃあ、行《い》ってくるねっ！　見送《みおく》り、ありがとー！」

ルルが息《いき》を切《き》らしながらふりむいた。お父《とう》さんもひたいのあせをぬぐいながら続《つづ》ける。

「着《つ》いたら、連絡《れんらく》するから。おばさんたちにも、よろしくな！」

ふたりは中《なか》へと入《はい》っていった。

「「行《い》ってらっしゃーい！」」

アオ君《くん》とふたりで、さけびながら手《て》をふる。ルルとお父《とう》さんは、あっという間《ま》に人混《ひとご》み

の中《なか》に消《き》えていった。

「もうちょっと、しんみりした見送《みおく》りになるかと思《おも》ったんだけどな。」

アオ君《くん》があっけにとられた顔《かお》で、つぶやいた。

「わたしも泣《な》いちゃったらどうしようと思《おも》って、ハンカチとティッシュを準備《じゅんび》してた。」

「ハハッ、じつはオレも。ったく、出発《しゅっぱつ》のときまでルルっぽいよな。ほんと、台風《たいふう》みたいなやつ。」

アオ君《くん》は楽《たの》しそうに笑《わら》う。

「さびしい？」

わたしはちょっぴりつっこんで、たずねる。

「まあね。さびしさはこれから少《すこ》しずつ感《かん》じちゃうんじゃないかな。ココちゃんもさ、何《なに》かこまったことがあったら、言《い》ってくれよ。いちおう、お兄《にい》ちゃんだと思《おも》っているから。」

アオ君《くん》が照《て》れくさそうに言《い》った。

「うん。ありがとう。」

なんだか、みんなに心配《しんぱい》かけちゃっている。

「とにかくがんばってみる！」

わたしは力強《ちからづよ》く、胸《むね》をたたいてみせた。


「ただいま。」

玄関《げんかん》のドアを開《あ》けて、いつものくせで声《こえ》をかけるけれど、返事《へんじ》はなく、ドアが閉《し》まる音《おと》が静《しず》かな家《いえ》にやたらと大《おお》きくひびいた。

開《あ》けっぱなしになったルルの部屋《へや》をのぞく。

つくえの上《うえ》に乱雑《らんざつ》に置《お》かれていたスケボーの雑誌《ざっし》や道具《どうぐ》も、ベッドの上《うえ》にぬぎちらかしてあったパジャマやくつしたも、きれいになくなっている。

「あれ？　かたづけわすれたのかな？」

家具以外何《かぐいがいなに》もなくなった部屋《へや》のすみにあるいすの上《うえ》に、ルルのお気《き》に入《い》りだったサメのぬいぐるみが、ぽつんと置《お》いてあった。

手《て》に取《と》ってみると、サメの口《くち》もとの横《よこ》に、ふき出《だ》しのようにメモがついている。

『あたし、ルルの分身《ぶんしん》のサメ子《こ》。ヨロシクね！』と書《か》かれていた。

言《い》われてみれば、少《すこ》しつり目《め》で気《き》が強《つよ》そうな顔《かお》が、ルルに見《み》えなくもない。

「似《に》てる……。」

ふっと笑《え》みがこぼれ、思《おも》わずぎゅっとだきしめた。

ルル、がんばるよ。

来年《らいねん》になって、ルルとお父《とう》さんが帰《かえ》ってくるときに、胸《むね》を張《は》ってむかえに行《い》けるように、この一年《ねん》、挑戦《ちょうせん》してみる！

ルルとお父《とう》さんが旅立《たびだ》ってから二日後《ふつかご》、ユキノさんとヒメちゃんが家《うち》に引《ひ》っこしてきた。

いつまでもさびしがってはいられないし、これからいっしょに暮《く》らすふたりとは、いい関係《かんけい》でいたい。

わたしは朝《あさ》から気合《きあい》を入《い》れて、いつもの二倍《ばい》は明《あか》るい声《こえ》であいさつをした。

ユキノさんは前回会《ぜんかいあ》ったときと同《おな》じように、しゃべりやすく、引《ひ》っこしの手伝《てつだ》いもスムーズに進《すす》んだ。ヒメちゃんは人見知《ひとみし》りなのか、やっぱりおとなしい。

カメ子《こ》を紹介《しょうかい》したけれど、ヒメちゃんは見《み》たとたんに顔《かお》をしかめ、ユキノさんのうしろにかくれてしまった。は虫類《ちゅうるい》は苦手《にがて》だったらしい……。

ふたりの荷物《にもつ》は意外《いがい》に少《すく》なく、あるていどかたづけが落《お》ち着《つ》いたところで、お土産《みやげ》にと買《か》ってきてくれたフルーツサンドを食《た》べることになった。

「ココちゃん、これからよろしくねー。ということで、好《す》きなのを選《えら》んでね。」

ユキノさんが紙《かみ》ぶくろからフルーツサンドを取《と》り出《だ》して、テーブルにならべていく。

「ありがとうございます。どれもおいしそう……。えっと、ヒメちゃんはどれが食《た》べたい？」

わたしはユキノさんのとなりにすわっているヒメちゃんに声《こえ》をかけた。

「ヒメは、なんでも好《す》きだから、ココちゃんがいちばん好《す》きなものを選《えら》んでいいよ。これからお世話《せわ》になるのは、こっちなんだから。」

ユキノさんが、ぐいぐいすすめてくる。

「じゃあ、いただきます。」

わたしはいちばん手前《てまえ》にあるいちごに手《て》をつけた。

「それで、いいの？　じゃあ、わたしはバナナがいいかな。ヒメはどれ、食《た》べる？」

「なんでもいい。」

ヒメちゃんはいすの背《せ》にもたれて、きょうみがなさそうに答《こた》えた。

ユキノさんはあしたから、昼間《ひるま》は海《うみ》のそばのショッピングモールで、パートとして働《はたら》きながら、正社員《せいしゃいん》の就職先《しゅうしょくさき》をさがすらしい。

夜《よる》は夜《よる》でべつの仕事《しごと》もあるので、あまり家《いえ》にいられないかもしれないと教《おし》えてくれた。

フルーツサンドでお腹《なか》が満《み》たされたあと、ユキノさんとヒメちゃんは荷物《にもつ》のかた

づけを続《つづ》けて、わたしは夕《ゆう》ごはんにスパゲッティナポリタンを作《つく》った。

ふたりの口《くち》に合《あ》うかなと心配《しんぱい》だったけど、ユキノさんは『おいしい。』と言《い》って、残《のこ》さず食《た》べてくれた。

「あのっ、わたしはまだ春休《はるやす》みなので、あしたの朝《あさ》ごはん、わたしが作《つく》ります。」

ごはんをほめてくれたので、ちょっと気《き》が大《おお》きくなって、自分《じぶん》から提案《ていあん》してみた。

「そんな、悪《わる》いよ。」

「ちゃんとしたものは作《つく》れないですけど、ユキノさんは、しばらくたいへんだと思《おも》うので、なれてきたら、分担《ぶんたん》していくっていうのは、どうでしょう……？」

「じゃあ、洗濯《せんたく》はわたしが担当《たんとう》するね。しばらく朝《あさ》ごはんはお願《ねが》いしちゃっても、いいかな。」

ユキノさんは頭《あたま》を下《さ》げた。

翌日《よくじつ》、わたしが朝《あさ》ごはんのしたくをして、ユキノさんが出《で》かける準備《じゅんび》をしていると、ヒメちゃんが起《お》きてきた。

「おはよう、ヒメちゃん。きのうはよくねむれた？」

声《こえ》をかけると、

「うん。」

すぐに返事《へんじ》をしてくれた。

「朝《あさ》ごはん、ここに用意《ようい》できているからね。」

ランチョンマットの上《うえ》に、サラダとクロックムッシュがのったお皿《さら》をならべる。

今朝《けさ》はかなり気合《きあい》を入《い》れて料理《りょうり》をした。毎日《まいにち》こんなこったのを作《つく》るのは、無理《むり》そうだけど……。

ヒメちゃんが席《せき》に着《つ》くと、ユキノさんがバタバタしながら部屋《へや》に入《はい》ってきた。

「あっ、ヒメ。ママはもう出《で》かけるけど、ココちゃんのお手伝《てつだ》いするのよ。ココちゃん、朝《あさ》ごはん、ごちそうさまでした！　クロックムッシュ、おいしかった。」

ユキノさんは言《い》いながら、あわただしく家《いえ》を出《で》ていった。

「はーい。」

ヒメちゃんは手《て》をあげて答《こた》えたけれど、その声《こえ》がとどいたかはわからない。

よーし、ここからはヒメちゃんとふたりの時間《じかん》。がんばるぞ！

けれど、そう思《おも》った次《つぎ》の瞬間《しゅんかん》――、

「わたし、トマト、きらーい。」

ヒメちゃんが、トマトをフォークではじくようによける。

「えっ？　あっ、ごめんね。あのっ、ほかにも好《す》ききらいがあったら、教《おし》えてね。」

「テレビで動画《どうが》、見《み》たい。」

ヒメちゃんは急《きゅう》にちがうことを言《い》いだした。

「テレビっ？　ちょっと待《ま》ってね。」

わたしはスイッチを入《い》れると、リモコンをヒメちゃんにわたした。テーブルからだと少《すこ》しはなれてはいるけれど、画面《がめん》は見《み》ることができる。

ヒメちゃんはリモコンを操作《そうさ》して、チャンネルをかえる。

「ふだんは、どんな動画《どうが》を見《み》てるの？」

話《はな》しかけると、

「いろいろ。」

「好《す》きなアニメとかはあるの？　あっ、そういえば、ヒメちゃんのリュックサックに、クマのキーホルダーがついていたよね？　パジャマも同《おな》じキャラクターのだったし、あれが好《す》きなの？」

「べつに、ふつう。」

会話《かいわ》がまったくはずまない……。

テレビの音声《おんせい》のおかげで、シーンとした状況《じょうきょう》にはならずにすんでいるけれど。これでいいのかな……？

ひとりそわそわしているわたしを知《し》ってか知《し》らずか、ヒメちゃんは立《た》ち上《あ》がって、テレビの前《まえ》のソファへ行《い》ってしまった。

お皿《さら》の上《うえ》には、サラダと食《た》べかけのクロックムッシュがまだ残《のこ》っている。

「えっと……、ごはんはもう食《た》べない？」

「いらなーい。」

ほんとに？　ちょっとしか、食《た》べてないよね？　強制《きょうせい》したくはないけど、あとでお腹《なか》が空《す》かないかな？

「じゃあ、かたづけちゃうね。もし何《なに》か食《た》べたくなったら、そのとき教《おし》えてね。」

念《ねん》のために声《こえ》をかける。けれどヒメちゃんは、テレビから視線《しせん》をそらさなかった。

朝《あさ》ごはんの時間《じかん》は気《き》まずいまま終《お》わりを告《つ》げ、

「えっと……、じゃあ、いっしょにおそうじ、しちゃおうか。ヒメちゃんはバルコニーのそうじと、家《いえ》の中《なか》のそうじ、どっちがいい？」

気《き》を取《と》り直《なお》して、ソファで携帯《けいたい》ゲーム機《き》で遊《あそ》んでいるヒメちゃんに声《こえ》をかけた。

「どっちも、いや。」

ブスッとした顔《かお》で答《こた》えると、

「もー、いいところだったのにっ！」

と言《い》って、自分《じぶん》の部屋《へや》へ行《い》ってしまった。

うまくいかないことは、まだまだ続《つづ》く。

それは、お昼《ひる》ごはんにオムライスを作《つく》ったときのこと。

朝《あさ》ごはんのトマトの失敗《しっぱい》を考《かんが》えた上《うえ》で、グリーンピースが苦手《にがて》な子《こ》は多《おお》いから、わたしはあえて入《い》れなかった。

けれど、ヒメちゃんはスプーンでカチャカチャとお皿《さら》をつつくように、オムライスをくずしながら、『グリーンピースが入《はい》ってない。』『食《た》べたくない。』と言《い》いだした。

「えっと……、どうしても入《はい》ってなきゃダメかな？　次《つぎ》からはぜったいに入《い》れるね！」

「もう、いいっ。」

ヒメちゃんはそれっきり何《なに》も言《い》わず、食事《しょくじ》が終《お》わると、また部屋《へや》にもどっていってしまった。

6 もう、やってらんない！

お風呂場《ふろば》のドアが閉《し》まる音《おと》がする。

次《つぎ》にシャワーが流《なが》れる音《おと》を確認《かくにん》してから、わたしは自分《じぶん》の部屋《へや》に入《はい》った。

電気《でんき》もつけず、ベッドの上《うえ》にあるルルからもらったサメ子《こ》のぬいぐるみをつかみ、まっすぐにカメ子《こ》のケージの前《まえ》へ行《い》く。そして——、

「もおおお——!!　も——う、やってらんないっ！」

ありったけの思《おも》いをこめて声《こえ》を出《だ》した。

カメ子《こ》は甲羅《こうら》から顔《かお》すら出《だ》さず、すみのほうでじっとしている。ぬいぐるみのサメ子《こ》は、わたしの両腕《りょううで》で、しめ上《あ》げられている。

『サメ子《こ》、ごめん』と思《おも》いつつも、どうにもおさまらない。

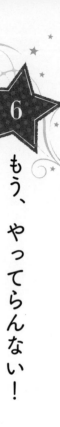

今《いま》、ヒメちゃんはお風呂《ふろ》に入《はい》っている。

ユキノさんはきょうも仕事《しごと》でおそいから、今《いま》なら声《こえ》に出《だ》して文句《もんく》を言《い》える。

ふたりが来《き》て、きょうで六日目《むいかめ》。

『オムライス事件《じけん》』のあとも、ヒメちゃんにふりまわされっぱなしだ。

ちょっと注意《ちゅうい》をすると、ヒメちゃんはすぐにおこりだしてしまう。

ユキノさんに相談《そうだん》しようと思《おも》ったけれど、ヒメちゃんはユキノさんの前《まえ》ではおとなしくて、いい子《こ》になるので、何《なに》も言《い》えない。

自分《じぶん》でなんとかしようって、心《こころ》を立《た》て直《なお》してきたけれど……、もう、無理《むり》っ！

ルルとお父《とう》さんからは、毎日連絡《まいにちれんらく》が来《く》る。

とはいっても、時差《じさ》があるので、いつもＬＩＮＥ《ライン》のメッセージでのやりとりだ。

アメリカは、言葉《ことば》もちがえば、生活《せいかつ》スタイルもちがうので、いろいろとたいへんらしい。でも送《おく》られてくる写真《しゃしん》は、とっても楽《たの》しそうだ。

ルルからこっちの様子《ようす》をきかれるたびに、『なんとかうまくやっているよ』と、無難《ぶなん》な返事《へんじ》ばかりをしている。

だけど、それももう限界《げんかい》。

次《つぎ》にルルと電話《でんわ》がつながったときは、ヒメちゃんのことを話《はな》すんだからっ！

ふいに、洗面所《せんめんじょ》からドライヤーで髪《かみ》をかわかす音《おと》が聞《き》こえてきた。

もうすぐ、ヒメちゃんが洗面所《せんめんじょ》から出《で》てくる。

わたしは腕《うで》の中《なか》にいたサメ子《こ》を解放《かいほう》し、ベッドの上《うえ》に置《お》いた。

ヒメちゃんのことですっかりわすれていたけれど、あしたは始業式《しぎょうしき》。大事《だいじ》なクラスがえがある。

気持《きも》ちを落《お》ち着《つ》かせるようにカメ子《こ》の甲羅《こうら》をなでる。最近《さいきん》はいそがしくて、カメ子《こ》とゆっくりいっしょに過《す》ごせていない。

ずっとすみで丸《まる》まっていたカメ子《こ》が、にゅっと首《くび》をのばしてこちらを見《み》た。つぶらなひとみに見《み》つめられると、心《こころ》が静《しず》まってくる。

「カメ子《こ》さん、ありがとう。よしっ、きょうは早《はや》くねて、あしたにそなえなきゃね。」

口角《こうかく》を上《あ》げ、しっかり笑顔《えがお》を作《つく》ってから部屋《へや》を出《で》た。

次《つぎ》の日《ひ》は、朝《あさ》からハードスケジュールだ。

ヒメちゃんは、わたしとルルが卒業《そつぎょう》した小学校《しょうがっこう》へ通《かよ》う。

ユキノさんはどうしても仕事《しごと》に行《い》かなければならなくなり、わたしがヒメちゃんといっしょに登校《とうこう》することになったのだ。

朝《あさ》ごはんを作《つく》ってユキノさんを見送《みおく》り、ヒメちゃんと家《いえ》を出《で》た。

ヒメちゃんは転校生《てんこうせい》なので、小学校《しょうがっこう》の職員室《しょくいんしつ》まで送《おく》りとどけたあと、わたしは中学校《ちゅうがっこう》へ登校《とうこう》する予定《よてい》だ。

ユキノさんは『まかせちゃって、ほんとごめんなさい。』って、あやまっていたけれど、小学校《しょうがっこう》から中学校《ちゅうがっこう》までの距離《きょり》は近《ちか》いし、問題《もんだい》はない。

そのときは、そう思《おも》っていたけれど――。

「ヒメちゃん、もう少《すこ》しっ、ちょっとだけ早《はや》く歩《ある》けるかな？」

わたしはなんどもふりかえり、声《こえ》をかける。

ラベンダーカラーのランドセルを背負《せお》ったヒメちゃんは、マンションを出《で》てからずっと、うつむいて歩《ある》いている。

どうやら『白線《はくせん》の上《うえ》から落《お》ちちゃいけない』ゲームをしているらしく、一歩進《ぽすす》むのにすごく時間《じかん》がかかる。

スマホの時計《とけい》を見《み》ると、刻々《こっこく》と始業時間《しぎょうじかん》がせまっている。

「ヒメちゃん、遅刻《ちこく》しちゃうよ。進《すす》んでっ。」

だんだんと口調《くちょう》があらっぽくなる。

やっとの思《おも》いで小学校《しょうがっこう》の校門《こうもん》の前《まえ》にたどり着《つ》き、昇降口《しょうこうぐち》から入《はい》ろうとした手前《てまえ》で、ヒメちゃんが急《きゅう》に立《た》ち止《ど》まった。

「上《うわ》ばきがない。」

「へっ？」

衝撃《しょうげき》の言葉《ことば》に、思《おも》わずまぬけな声《こえ》が出《で》る。見《み》ると、出《で》かける直前《ちょくぜん》までは持《も》っていたはずの、ピンク色《いろ》の上《うわ》ばき袋《ぶくろ》がない。

どうして、ないの⁉

「どこに置《お》いてきたか、覚《おぼ》えてる？　とちゅうまでは持《も》ってた？」

確認《かくにん》すると、

「玄関《げんかん》にわすれたかも。」

ヒメちゃんはあっさり言《い》った。

えーっ!? それ、スタート地点《ちてん》でしょ!

どうしよう、今《いま》から家《いえ》に取《と》りに帰《かえ》ったら、完全《かんぜん》に遅刻《ちこく》しちゃう。初日《しょにち》は学校《がっこう》のスリッパを借《か》りて、がまんしてもらう……?

ヒメちゃんはめずらしくしょんぼりした顔《かお》で、チラッとわたしを見上《みあ》げた。

ん〜、そんな顔《かお》で見《み》ないで……。

「わかった。わたしが取《と》ってくるから、ヒメちゃんはそこの入《い》り口《ぐち》で待《ま》ってて! 動《うご》いちゃダメよ!」

わたしはきびすを返《かえ》し、猛《もう》ダッシュで家《いえ》に向《む》かう。

ヒメちゃんが言《い》ったとおり、玄関《げんかん》マットの上《うえ》に置《お》いてあった上《うわ》ばき袋《ぶくろ》をつかむと、小学《しょうがっ》校《こう》までかけもどった。

時間《じかん》がないから、ヒメちゃんの担任《たんにん》の先生《せんせい》とのあいさつもそこそこに、こんどは中学校《ちゅうがっこう》へ向《む》かって、走《はし》りだした。

マラソン大会《たいかい》でさえ、こんなに真剣《しんけん》に走《はし》ったことはないかもしれない。

おかげで、始業《しぎょう》の五分前《ふんまえ》に、昇降口《しょうこうぐち》の前《まえ》にたどり着《つ》いた。

外《そと》に貼《は》り出《だ》されたクラスがえの紙《かみ》の前《まえ》には、生徒《せいと》たちが何人《なんにん》もむらがっている。

よろこんでいる人《ひと》もいれば、なげいている声《こえ》も聞《き》こえてくる。

わたしは深呼吸《しんこきゅう》を何度《なんど》もして、息《いき》をととのえる。

どうか、アイミちゃんと同《おな》じクラスになれますように……。

シュリも転校《てんこう》しちゃったし、ルルもアメリカへ行《い》っちゃったし、アイミちゃんしかいないんです。

だからお願《ねが》いです。せめて学校《がっこう》では、いいことがありますように……。

心《こころ》の中《なか》で祈《いの》りながら、一歩前《ぽまえ》に出《で》て貼《は》り紙《がみ》を見《み》た。

不思議《ふしぎ》と、自分《じぶん》の名前《なまえ》がすぐに目《め》に飛《と》びこんできた。

二年《ねん》一組《くみ》の欄《らん》の下《した》のほうに、水庭湖々《みずにわここ》と書《か》かれている。

けれど、あいうえお順《じゅん》で書《か》かれた表《ひょう》の、水庭《みずにわ》の〝み〟の下《した》に〝望月愛美《もちづきあいみ》〟の名前《なまえ》はなく、すぐに〝山下《やました》〟と続《つづ》いていた。

アイミちゃんが……、いない……。

そんなあ……。

また〝ぼっち〟にもどっちゃう。

目《め》の前《まえ》がまっくらになる。

ここから先《さき》に楽《たの》しみはもうない。このまま家《いえ》に帰《かえ》りたい。

だけど引《ひ》き返《かえ》す勇気《ゆうき》もなくて、人《ひと》の波《なみ》に流《なが》されるように、校舎《こうしゃ》の中《なか》へ入《はい》った。

二階《かい》にある一組《くみ》の教室《きょうしつ》に入《はい》ると、もうすでにいくつかの人《ひと》の輪《わ》ができていて、楽《たの》しそうにおしゃべりしている。

黒板《こくばん》に貼《は》られた座席表《ざせきひょう》で、ろうか側《がわ》のいちばん前《まえ》の席《せき》に自分《じぶん》の名前《なまえ》を見《み》つけた。

よりにもよって、いちばん前《まえ》って……。どこまでもついていない。

席《せき》へ行《い》こうとしたとき、グループでさわいでいる男《おとこ》の子《こ》とぶつかった。

「わっ。」

「あっ、ごめん。なんだ、水庭《みずにわ》かよ。」

男《おとこ》の子《こ》は一年《ねん》のときに同《おな》じクラスの中心《ちゅうしん》メンバーだった子《こ》だ。たしか、名前《なまえ》は佐竹君《さたけくん》。

佐竹君《さたけくん》はそれ以上何《いじょうなに》も言《い》わず、仲間《なかま》とのおしゃべりを続《つづ》ける。

「ごめんなさいっ。」

わたしは頭《あたま》を下《さ》げて、急《いそ》いで席《せき》に着《つ》いた。

始業式《しぎょうしき》のため体育館《たいいくかん》へ移動《いどう》するとちゅうで、アイミちゃんがわたしを見《み》つけてくれた。

同《おな》じクラスになれなかったことを、アイミちゃんも残念《ざんねん》がってくれたのはうれしい。

けれど、クラスの列《れつ》にもどったアイミちゃんは、わたしとアイミちゃんが所属《しょぞく》している家庭科部《かていかぶ》で仲《なか》がいい子《こ》といっしょに話《はな》していた。いいな、仲《なか》がいい子《こ》と同《おな》じクラスになれて……。

教室《きょうしつ》にもどってきてからは、自己紹介《じこしょうかい》や一学期《がっき》の委員決《いいんぎ》めが行《おこな》われた。

もともと同《おな》じクラスだった子《こ》もたくさんいるけれど、どの子《こ》ともほとんど話《はな》したことはない。

新《あたら》しい担任《たんにん》の先生《せんせい》は数学《すうがく》の女《おんな》の先生《せんせい》で、黒板《こくばん》に委員会《いいんかい》の名前《なまえ》を書《か》いたあと、

「まず学級委員《がっきゅういいん》を決《き》めますね。だれか、やりたい人《ひと》いますか？」

ハキハキした声《こえ》で言《い》った。手《て》をあげる人《ひと》はだれもいない。

「立候補《りっこうほ》で決《き》めたいところだけど、もしいなかったら、推薦《すいせん》でもかまいませんよ。」

先生《せんせい》の言葉《ことば》に、クラスの中《なか》がザワザワする。

わたしは聞《き》き流《なが》しながら、時計《とけい》を見《み》た。

ヒメちゃん、小学校《しょうがっこう》はどうだったかな？　小学校《しょうがっこう》のほうが早《はや》く終《お》わるから、そろそろ家《いえ》に帰《かえ》るころかもしれない。

昼《ひる》ごはんは、きのうの夕《ゆう》ごはんの残《のこ》りがあるけど、今夜《こんや》は何《なに》にしようかな……。

頭《あたま》の中《なか》でいろいろ考《かんが》えていると、

「水庭《みずにわ》さんが、いいと思《おも》いまーす。」

ふいに自分《じぶん》の名前《なまえ》がよばれたのに気《き》がついた。

「えっ？　はい？」

顔《かお》を上《あ》げると、先生《せんせい》がわたしを見《み》ている。ううん、先生《せんせい》だけでなく、クラス中《じゅう》の視線《しせん》がわたしに集《あつ》まっていた。

「あのっ、えっと？」

「学級委員《がっきゅういいん》、水庭《みずにわ》さんを推薦《すいせん》しまーす。まじめだし。」

手《て》をあげているのは、さっきぶつかった佐竹君《さたけくん》だった。

うしろの席《せき》のべつの男《おとこ》の子《こ》や近《ちか》くにいる女《おんな》の子《こ》が、ニヤニヤと笑《え》みをうかべて『ぜんぜん、しゃべんねえし。』『暗《くら》いしね。』とコソコソとしゃべっているのが聞《き》こえる。

けれど、その声《こえ》は先生《せんせい》まではとどいていないらしい。

「じゃあ、水庭《みずにわ》さん、せっかくの推薦《すいせん》だし、やってみようか？　ねっ。」

先生《せんせい》はそれがいいことのように、にこやかにたずねる。

いやですっ！　学級委員《がっきゅういいん》なんて、ぜったいにいや。

「わたし、無理《むり》です。できませんっ。」

せいいっぱい声《こえ》を出《だ》して抵抗《ていこう》するけれど、

「水庭《みずにわ》さんがいいと思《おも》いまーす。」

佐竹君《さたけくん》の大《おお》きな声《こえ》とみんなからの拍手《はくしゅ》に、わたしの返事《へんじ》はかきけされた。

「はい……。」

クラス中《じゅう》から感《かん》じる圧迫《あっぱく》に負《ま》けて、か細《ぼそ》い声《こえ》で答《こた》えた。

委員《いいん》全部《ぜんぶ》が決《き》まって、帰《かえ》りのホームルームが終《お》わるとき、『さっそく、最後《さいご》のあいさつを、新《あたら》しい学級委員《がっきゅういいん》さんにやってもらおうかな。』と先生《せんせい》が期待《きたい》のまなざしを向《む》けた。

もうひとりの男子《だんし》の学級委員《がっきゅういいん》は、渡辺君《わたなべくん》といって、わたしと同《おな》じように、ひやかしで推《すい》薦《せん》された子《こ》だ。

チラッとふりむいて、渡辺君《わたなべくん》を見《み》たけれど、そっぽを向《む》いてしまっている。

「はい……。」

しかたなく、わたしは先生《せんせい》にこたえる。

「起立《きりつ》……。」

声《こえ》に出《だ》してはみたけど、だれも動《うご》かない。

「聞《き》こえませーん。」

からかうような声《こえ》が飛《と》んでくる。

「んっ、もう少《すこ》し大《おお》きな声《こえ》で言《い》おうか。」

先生《せんせい》はニコニコしながら言《い》う。

うう、はずかしい……。

「起立《きりつ》。」

さっきよりも大《おお》きめに声《こえ》を出《だ》すと、ようやくみんながガタガタと立《た》ち上《あ》がった。

『気《き》をつけ。』『礼《れい》。』『さようなら。』と続《つづ》けると、

「はい、さようなら。」

先生《せんせい》がよく通《とお》る声《こえ》であいさつをした。

ガヤガヤと移動《いどう》を始《はじ》める流《なが》れの中《なか》、わたしはいすの背《せ》もたれに両手《りょうて》をつけ、その場《ば》でくずれ落《お》ちそうになるのをたえていた。


「ただいま……。」

玄関《げんかん》を開《あ》けると、ヒメちゃんのぬぎっぱなしのくつが目《め》に入《はい》った。

ちゃんとひとりで帰《かえ》ってこられたことにホッとする。

ほんとは、このまま部屋《へや》に閉《と》じこもりたい気分《きぶん》だけど、そうもしていられない。

リビングに行《い》くまでに、暗《くら》い表情《ひょうじょう》をどうにかしないと。

「ヒメちゃん、ただいま。」

中《なか》へ入《はい》ると、ヒメちゃんはソファに寝転《ねころ》がって、携帯《けいたい》ゲーム機《き》で遊《あそ》んでいた。

「うん。」

「学校《がっこう》は、どうだった?」

「べつに、ふつう。」

相変《あいか》わらず、めんどくさそうな返事《へんじ》が続《つづ》く。

「つかれたから、ねる。」

ヒメちゃんはそう言《い》って、自分《じぶん》の部屋《へや》へ行《い》ってしまった。

わたしもつかれたよ……。

ペタッとゆかにしゃがみこむ。

きょうはいろんなことがありすぎて、もう何《なに》も考《かんが》えられない……。

最後《さいご》の力《ちから》をふりしぼって夕《ゆう》ごはんだけはちゃんと作《つく》ったけれど、その日《ひ》の夜《よる》はベッドにたおれこむようにねむりについた。

7 うまくいかない

次《つぎ》の日《ひ》、買《か》い物《もの》から帰《かえ》ってくると、マンションのロビーでユウト君《くん》に会《あ》った。

「ココ、おかえり。」

制服姿《せいふくすがた》のユウト君《くん》がロビーに置《お》いてあるソファから立《た》ち上《あ》がる。

「ただいま。こんなところにすわって、どうしたの？」

「うん。ちょっとココに話《はな》したいことがあって、家《いえ》にいないみたいだったから、ここで待《ま》っていたんだけど……だいじょうぶ？　つかれた顔《かお》してるけど。」

ユウト君《くん》がわたしの顔《かお》をのぞいた。

えっ!?　たいへん、ここ最近《さいきん》のつかれが表情《ひょうじょう》にまで出《で》ちゃってた？

「元気《げんき》！　ピンピンしてる。」

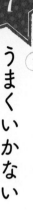

とっさに取《と》りつくろって、笑顔《えがお》で答《こた》える。

「それより、話《はなし》って……？」

話題《わだい》を切《き》りかえると、

「ああ……うん。」

こんどはユウト君《くん》が視線《しせん》をめぐらせる。そして意《い》を決《けっ》したように、わたしを見《み》た。

「あのさ……、ゴールデンウィークって、どこか空《あ》いてる日《ひ》はある？」

「えっと……、たぶん、予定《よてい》は何《なに》もないよ。あっ、次《つぎ》の〝ピアノの日《ひ》〟？」

「いや、そうじゃなくて……。よかったらさ……、いっしょに映画《えいが》を観《み》に行《い》かない？」

ユウト君《くん》がめずらしく、言葉《ことば》をつまらせながらたずねた。

「えっ？」

「知《し》り合《あ》いに、映画《えいが》のチケットをもらったんだ。ミュージカル映画《えいが》なんだけど、音楽《おんがく》がすごく良《よ》さそうで、ココも楽《たの》しめるんじゃないかなって。それに、たまにはいっしょに出《で》かけてみるのは、どうかなって思《おも》って……。」

映画《えいが》？　お出《で》かけ？　ユウト君《くん》と……!?

やっと頭《あたま》の処理《しょり》が追《お》いついたとたん、大《おお》きな声《こえ》で答《こた》える。

「行《い》きたいっ！」

ロビー中《じゅう》に、自分《じぶん》の声《こえ》がひびきわたった。

わたしは部屋《へや》へもどると、壁《かべ》にかけてあるカレンダーを外《はず》し、再来週《さらいしゅう》の土曜日《どようび》のわくに、ピンク色《いろ》のペンで予定《よてい》を書《か》きこむ。

黒色《くろいろ》のペンで書《か》いたほかの予定《よてい》の中《なか》に、「ユウト君《くん》と映画《えいが》」というピンク色《いろ》の文字《もじ》が光《ひか》っているように見《み》えた。

新学期《しんがっき》が始《はじ》まってからというもの、学校生活《がっこうせいかつ》はモノクロの毎日《まいにち》。白色《しろいろ》すらなく、まっくろだ……。

学級委員《がっきゅういいん》の仕事《しごと》の中《なか》でも特《とく》に苦手《にがて》なのは黒板《こくばん》の前《まえ》に出《で》ての進行役《しんこうやく》。どうしても緊張《きんちょう》しちゃう。

それなのに、ある日《ひ》の帰《かえ》りのホームルーム、先生《せんせい》は黒板《こくばん》に『体育祭参加種目《たいいくさいさんかしゅもく》』と書《か》くと、

「では、ここからの進行《しんこう》を、学級委員《がっきゅういいん》のふたりにおまかせします。」

ニコニコしながらわたしたちを見《み》た。

「はい……。」

「決《き》まったら職員室《しょくいんしつ》までよびにきてちょうだい。しっかりね！」

わたしと渡辺君《わたなべくん》に念《ねん》をおして、先生《せんせい》は教室《きょうしつ》を出《で》ていった。

そうだ！　渡辺君《わたなべくん》に進行《しんこう》をしてもらって、わたしが書記係《しょきがかり》をしよう。そうたくらんで、チョークを持《も》とうとしたら、スッと横《よこ》からのびてきた手《て》に先《さき》に取《と》られてしまった。

渡辺君《わたなべくん》はすずしい顔《かお》で、チョークを右手《みぎて》に黒板《こくばん》のわきに立《た》っている。

う〜ん、考《かんが》えることは同《おな》じだった。

「おいおい、部活《ぶかつ》に間《ま》に合《あ》わなくなるから、さっさと始《はじ》めろよ。」

教室《きょうしつ》からヤジが飛《と》んでくる。

「ごめんなさいっ。じゃあ……、『二人三脚《ににんさんきゃく》』に出《で》たい人《ひと》、いませんか？」

わたしはあわてて、一《ひと》つ目《め》の種目《しゅもく》を読《よ》み上《あ》げた。

けれど、だれからも手《て》があがらない。

「だれか……、いませんか……？」

再度《さいど》たずねたけれど、教室《きょうしつ》は静《しず》まり返《かえ》って、うんともすんとも言《い》わない。

「とばして、次《つぎ》にいけばいいじゃん。」

クラスでいちばん目立《めだ》つ男《おとこ》の子《こ》が、めんどくさそうに言《い》った。

ほかの子《こ》たちもだまってはいるけれど、『早《はや》くしろよ』『ほんと、たよりねえな』って、プレッシャーをかけるような視線《しせん》で、こちらを見《み》てくる。

「はいっ、そうですねっ。えっと、『台風《たいふう》の目《め》』に出《で》たい人《ひと》、いませんか？」

よびかけると、男子《だんし》の中心《ちゅうしん》メンバーの子《こ》たちがこぞって手《て》をあげた。

ホッとしたのはいいけれど、女子《じょし》は足《た》りていない。

「えっと、ほかにはいませんか？」

「あのさ、まずは第一《だいいち》希望《きぼう》をきいたら？　一《ひと》つずつ決《き》める方法《ほうほう》だとおそくなる。」

こんどは女子《じょし》のグループでリーダー格《かく》の子《こ》が、手《て》をあげて言《い》った。

「そうだよ。早《はや》く決《き》めないと、塾《じゅく》におくれる。」

べつの子《こ》からも声《こえ》があがる。

わたしは言《い》われたとおり、第《だい》一希《き》望《ぼう》をきくことにした。ところが一度《いちど》も手《て》をあげない子《こ》がいる。

「お〜い、どれにも参加《さんか》してないやつ、だれだよ。どうでもいいなら、『二人三脚《ににんさんきゃく》』でもやればいいじゃん。これじゃあ、いつまでたっても帰《かえ》れねーよ。」

中心《ちゅうしん》メンバーの男《おとこ》の子《こ》が、いら立《だ》った声《こえ》でほかのクラスメイトをせめはじめた。

『これ、決《き》めないと帰《かえ》れないの？』『マジ、体育祭《たいいくさい》なんてどうでもいい。』『早《はや》く帰《かえ》りたい。』

など、不満《ふまん》の声《こえ》がざわざわと起《お》こりだす。

最悪《さいあく》な空気《くうき》になってしまったところへ、先生《せんせい》が帰《かえ》ってきた。

「あら？　まったく決《き》まってないじゃない。」

先生《せんせい》は空欄《くうらん》だらけの黒板《こくばん》とわたしを交互《こうご》に見《み》て、あきれた顔《かお》をした。

けっきょく、種目決《しゅもくぎ》めは次《つぎ》のホームルームに持《も》ちこされることになった。

あーあ、うまくいかないな……。どうすればいいんだろう？

やっとむかえた週末《しゅうまつ》は、ユキノさんがめずらしくお休《やす》みだったので、家事《かじ》を引《ひ》き受《う》けてくれた。

『きょうくらいは、ゆっくり遊《あそ》んできて。』とも言《い》われ、わたしは気分転換《きぶんてんかん》に出《で》かけることにした。

ちょっと遠《とお》くへ行《い》きたい気分《きぶん》になり、電車《でんしゃ》に乗《の》って少《すこ》しはなれた街《まち》にやってきた。

ここには、大《おお》きな本屋《ほんや》やおしゃれな文房具屋《ぶんぼうぐや》もある。

ちょっぴりぜいたくにメロンのフラペチーノを買《か》って、飲《の》みながら街《まち》を歩《ある》いた。特《とく》に目的《もくてき》はないけれど、たくさんの人《ひと》の中《なか》を歩《ある》いていると、多少気分《たしょうきぶん》がまぎれてくる。

あるビルの前《まえ》を通《とお》ったとき、中《なか》から出《で》てきた女《おんな》の子《こ》と目《め》が合《あ》った。

「あっ……。」

反射的《はんしゃてき》に声《こえ》をもらす。

女《おんな》の子《こ》はユウト君《くん》のおさななじみの海老原里緒《えびはらりお》ちゃんだった。

「げっ。」

海老原《えびはら》さんは、ろこつにいやそうな顔《かお》をして方向《ほうこう》を変《か》えた。

けれど厚底《あつぞこ》のくつでバランスをくずし、そのまま転《ころ》んでしまった。

「だいじょうぶ!?」

とっさにかけよる。

「痛《いた》あ……。」

海老原《えびはら》さんは顔《かお》をしかめて、おそるおそる足《あし》を動《うご》かした。ひざをアスファルトですりむいたのか、痛々《いたいた》しい傷口《きずぐち》からまっ赤《か》な血《ち》が出《で》ている。

はいている白《しろ》いスカートに、今《いま》にも血《ち》がついてしまいそうだ。

「あっ、たいへんっ。」

わたしはショルダーバッグからハンカチを取《と》り出《だ》すと、

「ごめんなさい。ちょっとだけ、さわるね。」

傷口《きずぐち》にそっと当《あ》てた。瞬間《しゅんかん》、海老原《えびはら》さんの体《からだ》がこわばったのを感《かん》じる。

けれどしばらくすると、

「ありがと……。もう、平気《へいき》よ。」

やわらかな声《こえ》が聞《き》こえた。海老原《えびはら》さんがゆっくりと立《た》ち上《あ》がる。

「あ〜〜、かっこ悪《わる》っ。」

とつぜん、海老原《えびはら》さんが右手《みぎて》で顔《かお》をおおった。

「えっ、えっ？」

なんて答《こた》えたらいいかわからず、あたふたしていると、

「あ〜、じつは、通《かよ》いはじめたの。」

海老原《えびはら》さんは、たった今出《いまで》てきたビルを指差《ゆびさ》した。

改《あらた》めて見《み》ると、通《とお》りに面《めん》した大《おお》きなウィンドウの向《む》こう側《がわ》には、グランドピアノや楽器《がっき》がならんでいて、入《い》り口《ぐち》に『二階《かい》　音楽教室《おんがくきょうしつ》』と案内《あんない》が書《か》かれていた。

「ピアノ教室《きょうしつ》……？」

「ううん。歌《うた》のレッスン。ユウトのライブを見《み》てたら、歌《うた》ってみたくなっちゃって。」

海老原《えびはら》さんは、バツが悪《わる》そうに答《こた》えた。

そっか。わたしに見《み》つかったと思《おも》って、逃《に》げようとしたんだ。でも、それって、ぜんぜんはずかしいことじゃない。

「わかりますっ。」

思《おも》わず一歩前《ぽまえ》に出《で》た。

「わたしも、ユウト君《くん》の文化祭《ぶんかさい》でのライブを見《み》て、それで、この前《まえ》のクリスマスのイベントに出《で》てみたいって思《おも》ったから……。だから、あの……、気持《きも》ち、わかります。」

海老原《えびはら》さんは、わたしが手《て》にしていた、よごれたハンカチを取《と》った。

「これは、あらって返《かえ》すね。」

「そんなっ、気《き》にしないでください。」

「いいから。おかげで、スカートにはつかずにすんだし。じゃあね。」

海老原《えびはら》さんは背《せ》を向《む》けた。けれど、

「そうだ。あなた、フタバと友《とも》だちでしょ？」

急《きゅう》に思《おも》い出《だ》したようにふりむいた。滝川双葉《たきがわふたば》ちゃんはわたしと同《おな》じマンションに住《す》むおさななじみで、ユウト君《くん》や海老原《えびはら》さんと同《おな》じ私立中学校《しりつちゅうがっこう》に通《かよ》っている。

「はい。幼稚園《ようちえん》より前《まえ》からいっしょです。フタバちゃんが、どうかしたんですか？」

「ん～、最近《さいきん》、元気《げんき》がないから、ちょっと心配《しんぱい》なのよね。様子《ようす》をきいてあげてくれない？」

「えっ？」

「わたしには、話《はな》しにくいみたいだからさ。じゃ、よろしくね。」

ひらりと手《て》をふり、海老原《えびはら》さんはこんどこそ駅《えき》へ向《む》かって歩《ある》きだした。

さっそうと歩《ある》く背中《せなか》が、たのもしく見《み》えた。

8 わが家《や》のお姫様《ひめさま》

「ふ〜〜〜ん、あの海老原里緒《えびはらりお》がね〜。多少《たしょう》はいいとこ、あるじゃん。」

ルルが鼻《はな》を鳴《な》らし、こちらを見下《みお》ろした。

きょうは初《はじ》めてルルとビデオ通話《つうわ》をつなげて、ヒメちゃんのことや、学級委員《がっきゅういいん》になってしまって、体育祭《たいいくさい》の種目《しゅもく》決《ぎ》めがうまくいかないこと、海老原《えびはら》さんとぐうぜん会《あ》ったときのことを報告《ほうこく》した。

「前《まえ》にフタバちゃんも、海老原《えびはら》さんはめんどうみもよくて、みんなから好《す》かれているって言《い》っていたんだけど、わかるなあって、思《おも》った。それにね、歌《うた》いたくなったからって、一《いち》からレッスンまで受《う》けて、すごいよね。ふたりの演奏《えんそう》を聴《き》いてみたいなって思《おも》っちゃった。」

「ココ～、ちょっとライバルをほめすぎじゃない？　ほんとにいいの？　ユウト君《くん》と海老《えび》原里緒《はらりお》が同《おな》じステージに立《た》って、ラブラブなラブソングを歌《うた》って、おたがいに見《み》つめ合《あ》っちゃったりしているところを、冷静《れいせい》に見《み》ていられる？　拍手《はくしゅ》なんて送《おく》れる？　あたしだったら、ステージに乗《の》りこんじゃうけどな～。」

「たしかに、ルルならステージに上《あ》がってマイクをうばいとっちゃいそうだね。」

「ココだって、歌《うた》を習《なら》いはしなかったけど、ドーナツ屋《や》さんをやったじゃん！　あのときの気《き》持《も》ちを思《おも》い出《だ》せ！」

ルルがスマホの画面《がめん》に顔《かお》をよせて、大《おお》きな声《こえ》を出《だ》す。今《いま》にも画面《がめん》から飛《と》び出《だ》してきそうないきおいだ。

しまった。またいつもの思考回路《しこうかいろ》に、はまってしまうところだった。

ユウト君《くん》と同《おな》じステージには立《た》てないけど、わたしはドーナツ屋《や》さんに挑戦《ちょうせん》したんだ。

「そっか……。わたしはわたしなんだ。うん、学級委員《がっきゅういいん》だって、自分《じぶん》に合《あ》ったやり方《かた》でやってみるしかないねっ。」

言《い》い聞《き》かせるようにつぶやく。

「そう来《こ》なくっちゃ！」

ルルがブンッとこぶしをふる。

『ルルにたよらずに、がんばってみたい』。そう思《おも》って、わたしは日本《にほん》にいるって決《き》めたんだもん。学級委員《がっきゅういいん》だって自分《じぶん》で引《ひ》き受《う》けたんだから、がんばってみる！

さっきまでのしずんでいくような気持《きも》ちが、一気《いっき》に浮上《ふじょう》した。

「ルルとお父《とう》さんは？　アメリカ生活《せいかつ》はどう？」

こんどはルルにたずねた。

アメリカでは相変《あいか》わらず言葉《ことば》の壁《かべ》の問題《もんだい》は大《おお》きくて、授業《じゅぎょう》の内容《ないよう》がさっぱりわからないらしい。

だけどスケボーパークでは、地元《じもと》の子《こ》とコミュニケーションが取《と》れるようになったと、楽《たの》しそうに話《はな》していた。

やっぱり、ルルはどこに行《い》っても楽《たの》しめるんだなって、感心《かんしん》する。

「それにしても、ヒメちゃんは名前《なまえ》のとおり、〝お姫様《ひめさま》〟ってわけだね。まあ、まだ小三《しょう》だから、しょうがない気《き》もするけど。

ユキノさんとは、話《はな》せないの？　もう少《すこ》しなんとかなりませんかって相談《そうだん》したら？」

「そんなこと、言《い》えないよ。それに、ヒメちゃんはすごくおとなしくていい子《こ》だから、知《し》らないかもしれないもん。ユキノさんの前《まえ》だと、ユキノさんは朝《あさ》から晩《ばん》までお仕事《しごと》だし、その合《あ》い間《ま》に資格《しかく》を取《と》る勉強《べんきょう》もしているから、ほんと、たいへんそうなの。」

「そお？　どうしてもがまんできなくなったら、ちゃんと言《い》ってね。」

「だいじょうぶ。こうやって話《はなし》を聞《き》いてもらえるだけでも、気持《きも》ちが楽《らく》になったから。」

ほんとはルルがいっしょにいてくれたらって、いつも思《おも》ってしまう。

とちゅうで、お父《とう》さんがスマホの画面《がめん》をのぞいてきた。

『無理《むり》してないか？』って、お父《とう》さんのやさしい声《こえ》につられて、鼻《はな》の奥《おく》がツーンとなったけれど、なんとか笑顔《えがお》で通《とお》してビデオ通話《つうわ》を切《き》った。

ルルと話《はな》して、わたしは日本《にほん》に残《のこ》るって決《き》めた覚悟《かくご》を思《おも》い出《だ》した。

いつもだれかに背中《せなか》をおしてもらうんじゃない。自分《じぶん》で背中《せなか》をおせる人《ひと》になりたいって。

そこで、ある決心《けっしん》をした。

いきなりたよりになる学級委員《がっきゅういいん》になるのは無理《むり》だけど、せめて体育祭《たいいくさい》の種目決《しゅもくぎ》めの進行《しんこう》くらいは、最後《さいご》までやり通《とお》してみたい。

そのために、まずやるべきこと。それは——、

「あの、ちょっとだけ、いいかな？」

昼休《ひるやす》み、わたしはろうかを歩《ある》いている渡辺君《わたなべくん》をよび止《と》めた。

「えっ？　あっ、はあ……。」

渡辺君《わたなべくん》は少《すこ》しおどろいた顔《かお》をする。

先生《せんせい》からも、学級委員同士《がっきゅういいんどうし》でしっかり話《はな》し合《あ》いなさいと言《い》われていた。だけど今《いま》の今《いま》まで、ほとんどしゃべったことがない。

「とつぜん、ごめん。えっと……。」

言葉《ことば》に迷《まよ》っているあいだに、渡辺君《わたなべくん》は一歩下《ぽさ》がって距離《きょり》を取《と》った。

あっ、逃《に》げないでっ。

わたしはもう一歩前《ぽまえ》にふみ出《だ》す。

「いつも進行《しんこう》するのが下手《へた》で、ごめんなさい。でね、種目決《しゅもくぎ》め、どうやって決《き》めていったらいいと思《おも》う？」

わたしは思《おも》い切《き》ってたずねた。

「強制的《きょうせいてき》に全員《ぜんいん》〝あみだくじ〟で決《き》める。指名《しめい》されたら、拒否権《きょひけん》なし。」

渡辺君《わたなべくん》は早口《はやくち》で言《い》い切《き》った。

「それは、なかなか過激《かげき》……。反乱《はんらん》が起《お》こりそうだね。」

でも、答《こた》えてくれたのがうれしい。渡辺君《わたなべくん》はさらに続《つづ》けた。

「まあ……、それはぜったいにダメだろうから、まずは全員《ぜんいん》に第《だい》一希望《きぼう》をきいて、定員数《ていいんすう》がオーバーしたら、ジャンケンをするっていうのが、平和的《へいわてき》だと思《おも》う。」

「なるほど。それがいいね！」

渡辺君《わたなべくん》は話《はな》しだすと意外《いがい》とおしゃべりで、たまにクラスメイトへの文句《もんく》をはきつつも、アイディアを出《だ》してくれた。

「あと、渡辺君《わたなべくん》はなんの種目《しゅもく》に出《で》たい？」

「あー、『綱引《つなひ》き』……。」

「あっ、わたしもいっしょ。運動《うんどう》が苦手《にがて》だから、『綱引《つなひ》き』なら自分《じぶん》ができなくても目立《めだ》たないですむから。」

わたしは正直《しょうじき》に話《はな》した。

「わかる。ちなみに、ぜったいに出《で》たくないのは、『二人三脚《ににんさんきゃく》』。」

渡辺君《わたなべくん》は、ほんとにいやそうに言《い》う。

「わたしも！　〝ぼっち〟だから、わたしとペアになってくれる子《こ》がいないし、だれかとペアで練習《れんしゅう》だなんて、考《かんが》えただけで緊《きん》張《ちょう》しちゃうもの。相手《あいて》にも申《もう》し訳《わけ》ないし。」

「そこまで自分《じぶん》を下《さ》げなくても……。でも、気持《きも》ちはわかる。」

「じゃあ、きょうの種目決《しゅもくぎ》め、おたがいに

がんばりましょう！」

自分《じぶん》にも言《い》い聞《き》かせるように、声《こえ》を張《は》り上《あ》げると、

「ああ。よろしく。」

渡辺君《わたなべくん》の目《め》の色《いろ》も変《か》わった気《き》がした。

帰《かえ》りのホームルームで、さっそく出《だ》し合《あ》ったアイディアを実行《じっこう》したところ、多少時間《たしょうじかん》はかかったけれど、なんとか全種目《ぜんしゅもく》の参加者《さんかしゃ》を決《き》めることができた。

うれしいことがあった反面《はんめん》、わたしと渡辺君《わたなべくん》は見事《みごと》にジャンケンに負《ま》け続《つづ》け、ふたりそろって『二人三脚《ににんさんきゃく》』に決《き》まったというのは、またべつのお話《はなし》。

種目《しゅもく》ごとに参加者《さんかしゃ》の名前《なまえ》を書《か》いたプリントを先生《せんせい》に提出《ていしゅつ》して、ようやく初《はじ》めての仕事《しごと》を終《お》えた気持《きも》ちになれた。

その週《しゅう》の金曜日《きんようび》、新学期《しんがっき》になって最初《さいしょ》の『星《ほし》カフェ』を開《ひら》くことになった。

ユキノさんとヒメちゃんに『星《ほし》カフェ』のことを説明《せつめい》すると、ヒメちゃんは興味《きょうみ》なさそうにしていたけれど、『ヒメちゃんも、いっしょにどうかな？』と思《おも》い切《き》ってさそってみ

た。

ユキノさんも『お友《とも》だちができるじゃない。』と話《はな》に乗《の》り、ヒメちゃんも参加《さんか》することになった。

きょうのメニューは『ちらし寿司《ずし》』。

前《まえ》もって、みんなにヒメちゃんのことを伝《つた》えたとき、ちょっと豪華《ごうか》なものにしようということになって、『ちらし寿司《ずし》』という案《あん》が出《で》た。

ヒメちゃんはいつものごとく『なんでもいい。』という返事《へんじ》だった。

「サーモンとか、マグロとか、生《なま》のお魚《さかな》も食《た》べられる?」

気《き》になって、念《ねん》のためたずねた。歓迎《かんげい》の気持《きも》ちをこめたメニューなのに、主役《しゅやく》のヒメちゃんがきらいだったら意味《いみ》がない。

「食《た》べられる!」

ヒメちゃんはめんどくさそうに答《こた》えると、鼻《はな》をツンと上《あ》げて、そっぽを向《む》いてしまった。

ユウト君《くん》は用事《ようじ》があって来《こ》られないので、そろったメンバーはアオ君《くん》とノカちゃん、マチ子《こ》ちゃんとアイミちゃん、わたしとヒメちゃんの六人《にん》だ。

みんなが家《いえ》に来《く》ると、ヒメちゃんはひとりひとりと、愛想《あいそ》よくあいさつをする。

やっぱり、ふだんわたしの前《まえ》で見《み》せる顔《かお》とはちがう〝おすましヒメちゃん〟だ。

準備《じゅんび》をするあいだ、ヒメちゃんはソファにすわって、にぎやかなキッチンの様子《ようす》をながめていた。

ちらし寿司《ずし》の材料《ざいりょう》をまぜようとしたところで、アオ君《くん》が手《て》を止《と》めた。

「そうだ、ヒメちゃん、きらいなものってある？　全部《ぜんぶ》まぜちゃうけど、カイワレも食《た》べられるかな？」

アオ君《くん》が確認《かくにん》すると、

「食《た》べられる。」

ヒメちゃんは、はっきりと答《こた》える。

えっ？　ほんとに？

わたしはびっくりして顔《かお》を上《あ》げると、ヒメちゃんと目《め》が合《あ》った。ヒメちゃんはプイッと視線《しせん》をそらした。

あわいピンク色《いろ》のテーブルクロスをしいた上《うえ》に、黄緑色《きみどりいろ》の市松模様《いちまつもよう》の布《ぬの》を重《かさ》ね、できあがった色《いろ》とりどりのちらし寿司《ずし》をならべる。

うん、これはかなり華《はな》やかだ。ヒメちゃんもよろこんでくれるかな？

席《せき》に着《つ》くと、みんなの視線《しせん》がわたしに集《あつ》まった。

「じゃあ、学級委員《がっきゅういいん》、始《はじ》まりの音頭《おんど》をお願《ねが》いします。」

アオ君《くん》が拍手《はくしゅ》をする。

「ええっ、わたし？」

そういえば、いつもはルルがやってくれていたんだ。

「ほら、ココちゃん、練習《れんしゅう》、練習《れんしゅう》～。」

マチ子《こ》ちゃんもあおってくる。そっか、練習《れんしゅう》と思《おも》えばいいのか。

「う～、じゃあ……、起立《きりつ》っ。」

わたしは覚悟《かくご》を決《き》めて、立《た》ち上《あ》がる。

「えっ？　立《た》つの⁉」

アオ君《くん》がふきだす。

「『起立《きりつ》』って、さすが学級委員《がっきゅういいん》。いつものあいさつが、しみついているのね。」

マチ子《こ》ちゃん、アイミちゃん、ノカちゃんも笑《わら》いながら立《た》ち上《あ》がった。みんなにつられて、ヒメちゃんもしっかりならんでいる。

「えっと……、新学期《しんがっき》が始《はじ》まりまして、みなさんもたいへんかと思《おも》いますが……、うーん、とにかく、がんばりましょう。ということで、いただきます！」

「いただきます！」

みんなが声《こえ》をそろえる。

「あっ、『着席《ちゃくせき》』。」

わたしは最後《さいご》にしめくくった。

ちらし寿司《ずし》を食《た》べながら、新学期《しんがっき》の報告《ほうこく》をし合《あ》う。

ルルが引《ひ》っこしてからしばらく集《あつ》まれなかったので、あいだが空《あ》いてしまった分《ぶん》、みんなの話《はなし》はつきない。

特大《とくだい》ニュースは、たまにＬＩＮＥ《ラ イ ン》で送《おく》られてきていたけれど、直接顔《ちょくせつかお》を合《あ》わせて聞《き》くと、話《はなし》のインパクトがまるでちがって聞《き》こえる。

ノカちゃんが入学式《にゅうがくしき》の日《ひ》に学校《がっこう》へ行《い》けなかったことは、本人《ほんにん》から聞《き》いていた。中学《ちゅうがく》からは行《い》けるようになりたいと言《い》っていたので、落《お》ちこんでいないか心配《しんぱい》したけれど、こうして会《あ》ってみると、ノカちゃん本人《ほんにん》はいたって元気《げんき》そうで、安心《あんしん》した。

マチ子《こ》ちゃんは、クリスマスイベントのときに会《あ》った『夜《よる》カフェ』の黒沢花美《くろさわはなび》ちゃんと同《おな》じクラスになったらしい。

アオ君《くん》のお兄《にい》さんとは、バレンタインの後《あと》も、数日《すうじつ》に一回《かい》くらいのペースでLINE《ライン》のやり取《と》りをしていると、こっそり教《おし》えてくれた。

アイミちゃんは、わたしが「鍵係《かぎがかり》」で校舎《こうしゃ》の中《なか》を走《はし》りまわっているのを見《み》て、いつもかげながら『がんばれ』と、応援《おうえん》してくれていたみたい。ちなみに「鍵係《かぎがかり》」というのは教室《きょうしつ》の移動《いどう》のとき、教室《きょうしつ》の鍵《かぎ》を開《あ》けたり閉《し》めたりする学級委員《がっきゅういいん》の仕事《しごと》のことだ。

「ヒメちゃん、新《あたら》しい学校《がっこう》はどう？　慣《な》れてきた？」

アオ君《くん》が話《はな》しかけた。

「うん。まあまあ楽《たの》しいよ。」

ヒメちゃんは食《た》べる手《て》は止《と》めず、チラッとアオ君《くん》を見《み》る。お皿《さら》の上《うえ》の『ちらし寿司《ずし》』は残《のこ》りわずかだ。よかった、ちゃんと食《た》べてくれている。

「そうだ、こんどヒメちゃんも水上《すいじょう》バスに乗《の》ってみない？　せっかくこの街《まち》に引《ひ》っこしてきたんだから、いいところを紹介《しょうかい》したいしさ。みんなで乗《の》ろうよ。」

アオ君《くん》が提案《ていあん》すると、ヒメちゃんはうれしそうな顔《かお》をした。

アオ君《くん》のおじさんは、水上《すいじょう》バスの船長《せんちょう》さんだ。わたしも去年《きょねん》、ルルといっしょに乗《の》せてもらったことがある。

「水上《すいじょう》バスで『星《ほし》カフェ』ができたら、すごいね。」

アイミちゃんも話《はなし》に乗《の》る。

「ヒメちゃん、これからもよろしくね！」

マチ子《こ》ちゃんがヒメちゃんに笑《わら》いかける。

「うん。」

ヒメちゃんはうなずいて答《こた》えた。


かたづけが終《お》わって、みんなが帰《かえ》っていくと、またヒメちゃんとふたりだけの時間《じかん》がやってくる。

「きょうはどうだった？」

気《き》になってたずねる。

マチ子《こ》ちゃんやアオ君《くん》、それにアイミちゃんたちも気《き》にかけて、よく話《はな》しかけてくれていたし、ヒメちゃんも、見《み》た感《かん》じは楽《たの》しそうにしていた。

「べつに。」

わたしの期待《きたい》をよそに、ヒメちゃんは素《そ》っ気《け》なく答《こた》える。

「ぜんぜん楽《たの》しくなかった。」

「そっか……。」

ズキッと胸《むね》が痛《いた》む。

何《なに》がダメだったのかな……？

「無理《むり》やり参加《さんか》させられただけだし。」

ふだんはひとこと答《こた》えたら終《お》わりなのに、ヒメちゃんは続《つづ》ける。

「ほっといてほしいのに、みんなが話《はな》しかけてくるのがいやだった。」

えっ……？

「ごはんもおいしくないし、サーモンとかもきらいだし。ちらし寿司《ずし》なんかより、ピザがよかった。」

ヒメちゃんは、はきすてるように言《い》い切《き》った。

頭《あたま》にカーッと血《ち》がのぼる。

「もう、いいっ！」

たえきれず、テーブルをたたく。

「いやだったら、先《さき》に言《い》ってよ。無理《むり》やりなら、出《で》なくていいっ。」

たまっていたものが、こみ上《あ》げてくる。

急《きゅう》におこりだしたわたしを前《まえ》に、ヒメちゃんの表情《ひょうじょう》がなくなっていく。

いけない。止《と》めなきゃ。これ以上《いじょう》は言《い》っちゃダメだって思《おも》うのに、止《と》められない。

「アオ君《くん》やマチ子《こ》ちゃんたちだって、ヒメちゃんに楽《たの》しんでほしかったんだよ。ヒメちゃんに、よろこんでもらおうと思《おも》って、だから、話《はな》しかけたり――。」

「わたし、そんなの、いらない！」

ヒメちゃんはさけんで、リビングを出《で》ていく。

ろうかの奥《おく》から、部屋《へや》のドアがバタンッと閉《し》まる音《おと》が聞《き》こえた。

痛々《いたいた》しくひびいたその音《おと》に、胸《むね》がきしんだ。

次《つぎ》の日《ひ》から、ヒメちゃんは話《はな》してくれなくなった。

それでも、いっしょに暮《く》らしている限《かぎ》り、必要《ひつよう》なやりとりはあるので、質問《しつもん》をすれば答《こた》えてくれるけれど……。

やっぱり、言《い》いすぎてしまったよね……。

あそこまでムキになっておこることなかったのに。

そこはすごく反省《はんせい》している……。

でも、マチ子《こ》ちゃんやアオ君《くん》たち、『星《ほし》カフェ』のことを悪《わる》く言《い》われた気《き》がして、がまんできなかった。

学校《がっこう》の帰《かえ》り道《みち》、ひとり頭《あたま》をかかえる。

よし、今夜《こんや》のメニューは、ヒメちゃんが好《す》きなものにしよう。

そう思《おも》い立《た》って、わたしは急《いそ》いで家《いえ》に帰《かえ》ると、夕飯《ゆうはん》の買《か》い物《もの》に出《で》かけた。

ユキノさんはきょうもお仕事《しごと》で、ヒメちゃんもめずらしく出《で》かけている。どこへ行《い》くかは聞《き》いていないけれど、夕飯《ゆうはん》までにはもどるとユキノさんから聞《き》いている。

商店街《しょうてんがい》へ向《む》かって歩《ある》いていると、クレープ屋《や》の前《まえ》に、見知《みし》った女《おんな》の子《こ》が男《おとこ》の人《ひと》とならんでいるのが見《み》えた。

ヒメちゃん⁉

今《いま》の今《いま》まで思《おも》いうかべていたヒメちゃんが、目《め》の前《まえ》にいる。それも知《し》らない男《おとこ》の人《ひと》といっしょだ。

わたしは身《み》をかがめて、とっさにポストのかげにかくれる。

だれなんだろう？

疑問《ぎもん》に思《おも》っていると、答《こた》えはすぐにわかった。

ヒメちゃんが男《おとこ》の人《ひと》に向《む》かって、かすかに「パパ。」とよぶ声《こえ》が聞《き》こえた。

言《い》われてみれば、キリッとしたまゆや目《め》が似《に》ている。

あの人《ひと》は、ユキノさんと離婚《りこん》した、ヒメちゃんのパパなんだ……。

ヒメちゃんは買《か》ってもらったクレープを左手《ひだりて》に持《も》つと、空《あ》いた右手《みぎて》でパパと手《て》をつなぐ。うれしそうな表情《ひょうじょう》。見《み》ているだけで、パパが大好《だいす》きなんだなって、伝《つた》わってくる。思《おも》いっきり、あまえているのがわかる。

そっか……。ヒメちゃん、ふだんはいっぱいがまんしているんだ。両親《りょうしん》の離婚《りこん》で大好《だいす》きなパパとはなればなれになって、友《とも》だちもいない街《まち》に引《ひ》っこして、よく知《し》らないわたしといっしょに暮《く》らさなくちゃいけなくて、おまけにママは帰《かえ》ってくるのがおそい。しかもまだ、小学校《しょうがっこう》三年生《ねんせい》だ。

わたし、また自分《じぶん》のことばかりで、ヒメちゃんのことなんてぜんぜん考《かんが》えられていなかった……。

そうだ！　夕《ゆう》ごはんは、ピザにしよう！

ポストの前《まえ》でグッとこぶしをにぎって、ピザ屋《や》に向《む》かって歩《ある》きだした。

耳《みみ》の内側《うちがわ》までチーズがつまったピザと、フライドポテトにフライドチキン、飲《の》み物《もの》は炭《たん》酸飲料《さんいんりょう》で、サラダはなし。

思《おも》いっきりハメを外《はず》して、ジャンクフードナイトにした。

テーブルではなく、ソファで、映画《えいが》を観《み》ながら食《た》べるのもいいかもしれない。

たまには、こういう日《ひ》があってもいいよね。

買《か》ってきたものをお皿《さら》に出《だ》し、ソファの前《まえ》のローテーブルにならべる。

ヒメちゃんも、そろそろ帰《かえ》ってくるかな。

そわそわしながら待《ま》っていると、玄関《げんかん》のドアが開《ひら》く音《おと》が聞《き》こえた。

「あっ、おかえり！」

ろうかに出《で》て、むかえようとしたけれど、バンッとヒメちゃんの部屋《へや》のドアが閉《し》まった。

帰《かえ》ってくるなり、ヒメちゃんはまっすぐ自分《じぶん》の部屋《へや》へ入《はい》ってしまった。

「ヒメちゃん……？」

ドアをノックする。

「何《なに》か、あった？」

「ほっといて！」

ドアのすぐ向《む》こう側《がわ》から声《こえ》がする。反対側《はんたいがわ》からドアをおさえているらしく、ピクリとも動《うご》かない。

『だいじょうぶ？』『どうしたの？』——同《おな》じような言葉《ことば》しかうかんでこない。

わたしはそれ以上何《いじょうなに》も言《い》えず、ただ立《た》ちつくすことしかできなかった。

9 ざらついた心《こころ》

ヒメちゃんの様子《ようす》が変《か》わった。
パパと会《あ》って、家《いえ》に帰《かえ》ってきてから、使《つか》う言葉《ことば》や向《む》ける視線《しせん》の一《ひと》つ一《ひと》つがきつい。
わがままモードのときや、おすましているときともちがう。
パパの前《まえ》ではあんなにおだやかに笑《わら》っていたのに。あのあと、何《なに》かあったのかな？
そんなある日《ひ》の放課後《ほうかご》、ユキノさんがめずらしく早《はや》く家《いえ》に帰《かえ》ってきた。
「正社員《せいしゃいん》の仕事《しごと》、採用《さいよう》が決《き》まったよ！」
リビングに入《はい》ってくるなり、はずむ声《こえ》で告《つ》げる。
ゲームをしていたヒメちゃんも、声《こえ》には出《だ》さないけれど、パッと顔《かお》をかがやかせた。
ユキノさんの仕事《しごと》が決《き》まったことはもちろんだけど、ひさしぶりに見《み》るヒメちゃんの晴《は》れやかな表情《ひょうじょう》もうれしくて、わたしは拍手《はくしゅ》を送《おく》る。

「おめでとうございます！」

「ありがと～。これでやっと落《お》ち着《つ》ける。ココちゃんには、いろいろと迷惑《めいわく》をかけちゃって、ごめんね。」

「いえっ、気《き》にしないでください。それよりも、今夜《こんや》はお祝《いわ》いですね。」

「ん～、そうしたいところなんだけど、これからまたパートだから、出《で》なくちゃいけないのよ。あと、今週末《こんしゅうまつ》の日曜日《にちようび》なんだけど、友《とも》だちがお祝《いわ》いにごはんを食《た》べようって言《い》ってくれて……。ヒメをたのんでいいかしら？」

ユキノさんは、すまなそうな表情《ひょうじょう》をしている。

「わかりました。」

だけど……。

チラッと見《み》ると、ヒメちゃんはやっぱり表情《ひょうじょう》をくもらせている。そして、

「ねえ、わたしとの約束《やくそく》は？」

するどい視線《しせん》で、ユキノさんにたずねた。

「えっ？　ヒメとの？」

ユキノさんは、ぽかんとした表情《ひょうじょう》をしている。

「べつに……、もういい。」

ヒメちゃんはそれ以上《いじょう》何《なに》も言《い》わず、またゲームをしはじめた。

「そう？　じゃあ、申《もう》し訳《わけ》ないけど、日曜日《にちようび》、よろしくね。」

ユキノさんはバタバタと着《き》がえをすまして、もう一《ひと》つの職場《しょくば》に出《で》かけていった。飲《の》み屋《や》さんでの仕事《しごと》だから、帰《かえ》りはいつも夜中《よなか》になる。

今《いま》は朝《あさ》から夜《よる》までずっとパートの仕事《しごと》。正社員《せいしゃいん》の就職《しゅうしょく》が決《き》まって落《お》ち着《つ》いたら、ヒメちゃんと過《す》ごせる時間《じかん》が増《ふ》えそうで、ホッとした。

「ママの仕事《しごと》が決《き》まって、よかったね。」

わたしは声《こえ》をかけた。けれど……。

ヒメちゃんは、持《も》っていた携帯《けいたい》ゲーム機《き》をローテーブルに向《む》かって、いきなり投《な》げつけた。

ガッシャーーーンと、グラスがわれる音《おと》が部屋《へや》にひびく。

「えっ⁉」

わたしはあわててソファにかけよる。

ゆかにはグラスの破片《はへん》が散《ち》らばり、いつも大事《だいじ》そうにしていた携帯《けいたい》ゲーム機《き》が、こぼれたオレンジジュースで、びしょびしょになっていた。

「たいへんっ。」

ティッシュを何枚《なんまい》も取《と》って画面《がめん》をふこうとしたけれど、その横《よこ》でヒメちゃんはクッションやティッシュの箱《はこ》をゆかに投《な》げつけていく。

「ヒメちゃん、待《ま》って。どうしたの⁉」

なんでこんなことをするの？

ヒメちゃんの肩《かた》をおさえ、落《お》ち着《つ》かせようとしたけれど、

「ほっといてよ！」

ヒメちゃんは腕《うで》をふって抵抗《ていこう》する。その手《て》がわたしのほおに当《あ》たった。するどい痛《いた》みが走《はし》り、ほおが熱《あつ》くなる。

ヒメちゃんはそのままリビングを出《で》ていく。

また自分《じぶん》の部屋《へや》に閉《と》じこもってしまうのかと思《おも》いきや、聞《き》こえてきたのは玄関《げんかん》のドアが閉《し》まる音《おと》。

え？　外《そと》へ行《い》った？

わたしもあわてて走《はし》りだす。

ところが家《いえ》の外《そと》に出《で》たときは、すでにエレベーターのドアが閉《し》まり、下《した》へ向《む》かって動《うご》きはじめていた。

たいへんだ！

わたしは階段《かいだん》を使《つか》って、一段飛《だんと》ばしで下《した》へおりる。

マンションを出《で》て、あたりを見回《みまわ》すけれど、ヒメちゃんの姿《すがた》はどこにもない。

そばにある公園《こうえん》にも、コンビニの中《なか》にもいない。

どうしよう、どうしよう、どこに行《い》っちゃったの？

とりあえず、ユキノさんに連絡《れんらく》しなきゃ。

急《いそ》いで飛《と》び出《だ》してきたので、スマホもなければ家《いえ》の鍵《かぎ》もない。足元《あしもと》はサンダルだ。

走《はし》って家《いえ》にもどると、まずユキノさんに電話《でんわ》をかけた。けれど、もう仕事《しごと》が始《はじ》まってしまったのか、なかなか出《で》ない。

つながらないコール音《おん》を聞《き》きながら、リビングを見《み》わたす。

われたグラスやこぼれたジュースで、ゆかはぐしゃぐしゃだ。

ギュッと目《め》をつぶり電話《でんわ》を切《き》ると、もう一度《いちど》外《そと》へ出《で》た。

自転車《じてんしゃ》に乗《の》って、ヒメちゃんが行《い》きそうな場所《ばしょ》へ向《む》かう。

名前《なまえ》をよびながら、小学校《しょうがっこう》、水路《すいろ》のそばの遊歩道《ゆうほどう》、神社《じんじゃ》、商店街《しょうてんがい》など、あちこちさがしたけれど、どこにもいない。

だんだんあせってくる。

「あの、このあたりで、小学生《しょうがくせい》の女《おんな》の子《こ》を見《み》かけませんでしたか？　髪《かみ》の毛《け》は、ふわふわで肩《かた》までおろしてて。」

通《とお》りかかった宅配便《たくはいびん》を運《はこ》んでいるお兄《にい》さんにもきいてみたけれど、

「女《おんな》の子《こ》？　さあ、見《み》ていないな。」

お兄《にい》さんは小首《こくび》をかしげた。同《おな》じようにほかの人《ひと》にたずねても、だれからも『見《み》た。』という返事《へんじ》はなかった。

まさか……海《うみ》のほうへ行《い》っちゃったかな。

いやな予感《よかん》に、背筋《せすじ》が冷《つめ》たくなる。

もし海《うみ》のほうへ行《い》っていたとしたら、もうわたしひとりじゃ、さがしきれない。

スマホを取《と》り出《だ》して、『星《ほし》カフェ』のLINE《ライン》グループにヒメちゃんがいなくなったこと、もしどこかで見《み》かけたら連絡《れんらく》をしてほしいと送《おく》った。

いちおう、ヒメちゃんのきょうの服装《ふくそう》を書《か》いておく。すると、アオ君《くん》からすぐに電話《でんわ》がかかってきた。

ひととおりの状況《じょうきょう》を改《あらた》めて説明《せつめい》すると、

「何《なに》がきっかけで、おこりだしちゃったのかな？」

アオ君《くん》が落《お》ち着《つ》いた声《こえ》で言《い》った。

「わからないの。少《すこ》し前《まえ》からずっときげんは悪《わる》かったんだけど、ここまで爆発《ばくはつ》することはなかったから。」

「そっか。でも、何《なに》か理由《りゆう》があるはずだよね。とりあえず、こっちは船長《せんちょう》のおじさんにも、水上《すいじょう》バスからひとりでいる小学生《しょうがくせい》の女《おんな》の子《こ》を見《み》かけたら連絡《れんらく》してってって言《い》っておく！」

「ありがとう。」

アオ君《くん》との通話《つうわ》を終《お》えて、ふたたびペダルをこぎはじめる。

海《うみ》のそばのショッピングモールへ向《む》かっている最中《さいちゅう》に、ユウト君《くん》やアイミちゃん、マチ子《こ》ちゃんからも連絡《れんらく》が来《き》た。

マチ子《こ》ちゃんは、もしかしたらヒメちゃんが帰《かえ》ってくるかもしれないからと、マンションのエントランスで待《ま》っていてくれることになり、学校《がっこう》から帰《かえ》るとちゅうのユウト君《くん》は、最寄《もよ》り駅周辺《えきしゅうへん》をさがしてくれることになった。

それぞれ自分《じぶん》がさがした場所《ばしょ》を共有《きょうゆう》してくれたけど、ヒメちゃんはどこにもいない。

日《ひ》はかたむきはじめ、冷《つめ》たい風《かぜ》がふいてきた。

交番《こうばん》のおまわりさんにも、お願《ねが》いしたほうがいいのかな？

でも、ユキノさんともまだ連絡《れんらく》が取《と》れていないのに、あまり大《おお》ごとになるのも、かえってこまらせてしまうかもしれない。

ルル、どうしよう⁉ どこをさがせばいいの？

がむしゃらに自転車《じてんしゃ》をこいでいると、スマホが鳴《な》った。

ユキノさんっ！

表示画面《ひょうじがめん》を見《み》て、すがるように電話《でんわ》に出《で》る。

ヒメちゃんがいなくなってしまったこと、友《とも》だちとさがしているけれど、なかなか見当《みあ》たらないことも正直《しょうじき》に話《はな》した。

「ごめんなさい。わたしがいっしょにいながら。」

このまま見《み》つからなかったら、わたしのせいだ。

「ココちゃんは悪《わる》くないから。こちらこそ、ヒメが迷惑《めいわく》をかけてごめんね。わたしもなるべく早《はや》く帰《かえ》るけど、すぐにはぬけ出《だ》せないの。」

ユキノさんがすぐに帰《かえ》れないと知《し》り、ますます不安《ふあん》を感《かん》じる。

「あのっ、何《なに》か心当《こころあ》たりはありませんか？　なんでもいいんです、ここが好《す》きだったとか、行《い》ってみたいって言《い》っていたとか。」

「心当《こころあ》たり……、う～ん。引《ひ》っこしたばかりだしな……。知《し》らないところへは行《い》っていないはずなんだけど……。も～、あの子《こ》ったら、どこに行《い》っちゃったのかな……。」

ユキノさんの間《ま》のびした声《こえ》を聞《き》きながら、気持《きも》ちがじりじりしてくる。

「まあ、でも、保育園《ほいくえん》のころにも、おこって家《いえ》を飛《と》び出《だ》したことがあったけど、すぐそばの公園《こうえん》にいたの。だから、そのうち帰《かえ》ってくるんじゃないかな。そんなに心配《しんぱい》しなくてもだいじょうぶよ。」

ゲーム機《き》をローテーブルに投《な》げつけたヒメちゃんの姿《すがた》がうかぶ。自分《じぶん》ではどうしようもできない感情《かんじょう》があふれだして家《いえ》を飛《と》び出《だ》したヒメちゃんが、ケロッと帰《かえ》ってくるなんて、どうしても考《かんが》えられない。

「ココちゃんは家《いえ》で待《ま》ってて。わたしも仕事《しごと》が終《お》わったらさがしに――。」

「仕事《しごと》が終《お》わったら、ですか？　そんなのんきなこと……、ヒメちゃんが心配《しんぱい》じゃないんですか!?」

ユキノさんの言葉《ことば》をさえぎり、とっさに大《おお》きな声《こえ》が出《で》た。

「ヒメちゃん、家《いえ》を飛《と》び出《だ》す前《まえ》に、ゲーム機《き》を投《な》げつけちゃったんです。あんなにいつも大事《だいじ》に使《つか》っていたのに。つらそうでした。悲《かな》しそうでした。ぜんぜん、〝だいじょうぶ〟なんかじゃないです！」

電話《でんわ》の向《む》こう側《がわ》が静《しず》かになる。

「あのっ、とにかく、もう少《すこ》し海《うみ》のほうもさがしてみます。」

電話《でんわ》を切《き》ろうとしたとき、

「ごめんなさい……。」

ふるえる声《こえ》が返《かえ》ってきた。

「どうしよう……、わたしが悪《わる》いのね。あの子《こ》のこと、放《ほう》りっぱなしだった。おとなくしているから、心配《しんぱい》ないと思《おも》って、ココちゃんにあまえてしまっていたの……。

さがさなきゃ、ヒメを、さがしに行《い》かなきゃ……。」

うわごとのような、だけど必死《ひっし》な声《こえ》でユキノさんが言《い》う。

「さっき……、ヒメがゲーム機《き》をこわしたって言《い》ったよね？」

「はい。画面《がめん》はわれてはいなかったけど……。」

あのときのヒメちゃんの顔《かお》を思《おも》い出《だ》すと、胸《むね》が痛《いた》くなる。

「じゃあ、やっぱりあのことが原因《げんいん》かも……。」

「あのことって？」

「わかれたダンナ——ヒメの父親《ちちおや》がね、再婚《さいこん》することになったの。彼《かれ》が、この前《まえ》ヒメと会《あ》うときに、再婚《さいこん》のことを話《はな》すって言《い》っていたから、たぶんそれが原因《げんいん》だと思《おも》う。ゲーム機《き》は、元《もと》ダンナがプレゼントしたものなの。」

「そうだったんですか……。」

「もしかしたら、父親《ちちおや》に会《あ》いに行《い》ったかも？　そっちに連絡《れんらく》してみる！　わたしもすぐに帰《かえ》ってさがすからっ！」

ユキノさんがあわてて通話《つうわ》を切《き》ろうとしたところ、

「あっ、あと一《ひと》つ、きいていいですか？」

わたしはとっさによび止《と》めた。

確信《かくしん》はないけれど、ヒメちゃんがあそこまでおこった原因《げんいん》は、パパのことだけじゃない気《き》がする。これまでに少《すこ》しずつ気《き》になっていたことをたぐりよせる。

「あの、何《なに》か、約束《やくそく》していたりしませんか？　きょう、ユキノさんが就職《しゅうしょく》が決《き》まったって言《い》ったとき、ヒメちゃんが『わたしとの約束《やくそく》は？』ってきいていたから。」

「約束《やくそく》？　ヒメと？　ん～……。」

ユキノさんが考《かんが》えこむ。すぐには出《で》てこなそうだ。

「すみません、わたしのかんちがいかもしれないので、こちらももういちど、近所《きんじょ》からさがしてみますっ。」

電話《でんわ》を切《き》ろうとしたとき、

「あっ……。」

ユキノさんがつぶやいた。

「たしかにわたしの就職《しゅうしょく》が決《き》まったら、いっしょに海《うみ》のそばの遊園地《ゆうえんち》に行《い》こうって言《い》ったわ。あの子《こ》がこっちへ来《く》る前《まえ》に『引《ひ》っこしたくない。』ってだだをこねたから、『こんど引《ひ》っこすお家《うち》は遊園地《ゆうえんち》のそばだよ。』って話《はな》したの。そのときに約束《やくそく》したのよ。

ヒメは、そこのキャラクターが大好《だいす》きだから。」

「遊園地《ゆうえんち》!?」

たしかに、ヒメちゃんの持《も》ち物《もの》には、有名《ゆうめい》なクマのキャラクターがたくさんついている。

ここから近《ちか》いといっても、となり街《まち》なので、バスか電車《でんしゃ》を使《つか》っても三十分《ぷん》以上《いじょう》かかる。

でも……。もしかしたら……。

「行《い》ってみます！」

通話《つうわ》を切《き》り、わたしは遊園地《ゆうえんち》へ向《む》かって、自転車《じてんしゃ》を走《はし》らせた。

あんなところに、ヒメちゃんひとりで行《い》けるものかな？　お金《かね》は持《も》っているのかな？

たとえヒメちゃんが遊園地《ゆうえんち》へ行《い》こうと思《おも》ったって、たどり着《つ》けるかもわからない。

とちゅうで迷子《まいご》になったかもしれない。ううん、事故《じこ》にあったり悪《わる》い人《ひと》にさらわれちゃっているかも⁉　最悪《さいあく》の事態《じたい》がうかんできて血《ち》の気《け》が引《ひ》く。

ヒメちゃんっ、どうか無事《ぶじ》でいてっ！

ペダルをこぐ足《あし》に力《ちから》が入《はい》る。

どれくらい走《はし》ってきただろう。

ふと視界《しかい》が開《ひら》けたとき、ライトアップされた遊園地《ゆうえんち》のお城《しろ》が目《め》の前《まえ》に現《あらわ》れた。

着《つ》いたっ！

夜《よる》の七時《じ》をまわっている。園《えん》から帰《かえ》る人《ひと》たちの波《なみ》が、駅《えき》へと向《む》かっていく。

その中《なか》を逆走《ぎゃくそう》するように、わたしは入《い》り口《ぐち》ゲートを目指《めざ》した。

自転車《じてんしゃ》からおり、ゲート前《まえ》の広場《ひろば》を走《はし》りまわる。いないっ、ここにも、いないっ。

やっぱり、むだ足《あし》だったかもしれない。

ひざに手《て》をついて、肩《かた》で息《いき》をする。

そのとき、低《ひく》くなった視界《しかい》の先《さき》に、生《い》け垣《がき》の縁石《えんせき》にすわっている小《ちい》さな人影《ひとかげ》が見《み》えた。

ぽつんとすわって、ゲートから出《で》てくるお客《きゃく》さんをながめている。

「ヒメちゃん……。」

こぼれた声《こえ》に、小《ちい》さな影《かげ》がふりかえった。

「どうして……？」

ヒメちゃんは目《め》を丸《まる》くしておどろくと、おびえるように身《み》がまえた。

「よかったあああ～～～。」

うれしくて、その場《ば》にくずれ落《お》ちるようにしゃがみこんだ。

「ケガはない？」

わたしはヒメちゃんの様子《ようす》を確認《かくにん》する。

「うん……平気《へいき》……。」

ヒメちゃんがおずおずとうなずく。

「無事《ぶじ》で、ほんと、よかったあ〜。」

気《き》がぬけたせいか、自転車《じてんしゃ》をこぎすぎたせいなのか、もう足《あし》に力《ちから》が入《はい》らない。

「あはは、腰《こし》がぬけちゃったみたい。」

わたしはフラフラになりながら、ヒメちゃんのとなりに腰《こし》をおろす。

さくの向《む》こうに、光《ひかり》きらめく遊園地《ゆうえんち》のアーケードが見《み》えた。

「きれい……。こんな遠《とお》くまで、よく来《き》たね。」

自然《しぜん》と笑《え》みがこぼれる。

「うん……。」

ヒメちゃんは、目《め》をうるませている。

わたしは無意識《むいしき》に、ヒメちゃんの肩《かた》をだいた。

か細《ぼそ》い背中《せなか》がふるえているのが伝《つた》わってくる。思《おも》っていたよりも、ずっと小《ちい》さい……。

どれだけ、さびしかっただろう……。

ヒメちゃんのざらついた心《こころ》をなだめるように、つつみこむように、わたしはそっと背中《せなか》をなでた。

10 まっくろな思《おも》い

遊園地《ゆうえんち》からの帰《かえ》り道《みち》はバスに乗《の》った。さすがに自転車《じてんしゃ》で帰《かえ》る元気《げんき》はなくて、駐輪場《ちゅうりんじょう》に止《と》めて、あした取《と》りに行《い》く予定《よてい》だ。

ヒメちゃんもよっぽどつかれていたのか、バスにゆられながら、ぐっすりねむっている。

ユキノさんや『星《ほし》カフェ』のみんなにも、ヒメちゃんに会《あ》えたことを報告《ほうこく》すると、だれもが見《み》つかった場所《ばしょ》におどろいていた。

マンションに着《つ》くと、エントランスの前《まえ》でユキノさんが待《ま》っていた。

「ヒメっ。」

名前《なまえ》をよばれて、ヒメちゃんはしかられると思《おも》ったのか、体《からだ》をこわばらせる。

だけどユキノさんは、ヒメちゃんのもとまでかけよると、そのままギュッとだきしめた。

「ごめんっ、ごめんね、こんなママでごめんね。もう、さびしい思《おも》いはさせないからっ。」

ユキノさんは声《こえ》をふるわせ、なんどもあやまる。

大《おお》きく見開《みひら》いたヒメちゃんの目《め》から、大《おお》つぶの涙《なみだ》がこぼれ出《だ》した。

「ママっ……。」

ユキノさんの気持《きも》ちにこたえるように、ヒメちゃんも力《ちから》をこめてだきしめかえす。

よかったね、ヒメちゃん。

目《め》を細《ほそ》めてふたりを見《み》る。あたたかい涙《なみだ》が、わたしのほおを流《なが》れ落《お》ちた。

それから、エレベーターに乗《の》っているあいだも、家《いえ》に帰《かえ》ってからも、ヒメちゃんは今《いま》までがまんしていた分《ぶん》を取《と》りもどすように、ユキノさんの腕《うで》にしがみついてはなれなかった。

ユキノさんとヒメちゃんがリビングから出《で》ていったあと、わたしはソファにすわってLINE《ライン》を開《ひら》く。

ルルに報告《ほうこく》しようとメッセージを打《う》っていたら、リビングのドアが静《しず》かに開《ひら》いた。

さっきリビングから出《で》ていったはずのヒメちゃんが顔《かお》をのぞかせる。

「どうしたの？」

たずねると、

「ほっぺ……。ごめんね。」

もごもごと小《ちい》さな声《こえ》で返《かえ》ってきた。

「今《いま》までわすれていたくらいよ。」

わたしは笑顔《えがお》で答《こた》える。ヒメちゃんはホッとしたのか、顔《かお》をゆるませた。そして、

「おやすみっ。」

それだけ言《い》うと、逃《に》げるようにドアを閉《し》めていってしまった。

今《いま》……、初《はじ》めてヒメちゃんから『おやすみ。』って言《い》われたかも……。

じわじわとうれしくなって、わたしはルルあてのメッセージに書《か》き足《た》した。

けれど、思《おも》っていた以上《いじょう》に体《からだ》はつかれていたみたいで、送信《そうしん》ボタンをおす前《まえ》に夢《ゆめ》の中《なか》へ落《お》ちていった。

そして、待《ま》ちに待《ま》った日《ひ》がやってきた。

きょう、ユウト君《くん》と映画《えいが》を観《み》に行《い》く。

よしっ、オシャレしなくっちゃ。まだ一度《いちど》も着《き》ていないデニム地《じ》のフレアワンピースに、まっ白《しろ》なスニーカーを合《あ》わせる。

ユキノさんは仕事《しごと》がお休《やす》みなので、ヒメちゃんとふたりで朝《あさ》ごはんのフレンチトーストを食《た》べると、『映画《えいが》、楽《たの》しんできてね。』と見送《みおく》ってくれた。

ユウト君《くん》とふたりでバスに乗《の》り、映画館《えいがかん》が併設《へいせつ》されている海沿《うみぞ》いの大《おお》きなショッピングモールへやってきた。

このそばにある公園《こうえん》は、クリスマスのイベントが行《おこな》われた思《おも》い出《で》の場所《ばしょ》でもある。

ユウト君《くん》は、チノパンにオーバーサイズのシャツを着《き》ている。シンプルな服装《ふくそう》だからこそ、スタイルの良《よ》さが際立《きわだ》って、とってもカッコいい。

おまけに、きょうは初《はじ》めてのふたりだけでのお出《で》かけだ。慣《な》れない服《ふく》のせいもあって、となりを歩《ある》いているだけでも緊張《きんちょう》してしまう。

いつもは、どうやって話《はな》していたっけ？　どんなふうに接《せっ》していたっけ？

頭《あたま》の中《なか》であれこれ考《かんが》えていると、

「映画《えいが》は十二時半《じはん》からだから、その前《まえ》に、ごはんを食《た》べようか。」

ユウト君《くん》が言《い》った。

「うん……。」

「なんだか、きょうは口数《くちかず》が少《すく》ないけど、もしかして、体調《たいちょう》、悪《わる》い？」

ユウト君《くん》が顔《かお》をのぞく。

「ちがうのっ！　ただ、ユウト君《くん》とふたりだけって思《おも》うと、それだけでうれしくて……、なんていうか、ドキドキしちゃって……。」

「ココってさ……、はずかしがるくせに、わりと正直《しょうじき》に言《い》うよね。」

なぜかユウト君《くん》が顔《かお》を赤《あか》くしている。

「えっ!?　そんなふうにしゃべってる？」

「うん……、まあ、わりと。いやではないけど……。」

ふたりともなんとなく、もじもじしていると、心地《ここち》のいいピアノの音《おと》が、どこからともなく聞《き》こえてきた。

音《おと》に引《ひ》きよせられるように歩《ある》いていくと、ふきぬけになった広場《ひろば》にピアノがあって、若《わか》い女《おんな》の人《ひと》が演奏《えんそう》をしていた。

だれでも弾《ひ》くことができるストリートピアノだ。

「きれいな曲《きょく》だな。」

ユウト君《くん》も耳《みみ》をかたむけながら、右手《みぎて》はメロディーをたどっている。

「ピアノ、聴《き》きたいな……。」

わたしは期待《きたい》をこめて、ユウト君《くん》を見《み》た。

「おれ？」

「うん！」

「ストリートピアノは初《はじ》めてだけど……。うん、いいよ。」

「ほんとっ⁉」

前《まえ》に弾《ひ》いていた女《おんな》の人《ひと》がいなくなり、ピアノがちょうど空《あ》いた。

ユウト君《くん》がいすにすわると、こちらを向《む》く。

「リクエストは？」

弾《ひ》いてほしい曲《きょく》は山《やま》ほどある。それにユウト君《くん》が弾《ひ》いてくれるなら、なんだっていい。

だけど、せっかくなら……。

「ん〜っと、ユウト君《くん》が思《おも》う、きょうのテーマソングをお願《ねが》いします。」

「そう来《く》るか……。」

ユウト君《くん》はフッと笑《わら》って、少《すこ》し考《かんが》えこんだあと、わたしを見《み》た。

「じゃあ、この曲《きょく》をココに贈《おく》ります。」

静《しず》かに両手《りょうて》を鍵盤《けんばん》に乗《の》せた……。

けれど、ユウト君《くん》は手《て》をポケットに当《あ》てる。スマホに着信《ちゃくしん》が入《はい》ったみたいだ。

「あれ？　電話《でんわ》だ。ちょっと待《ま》ってね。」

声《こえ》をかけ、ユウト君《くん》がスマホを開《ひら》く。

「はい。」

通話《つうわ》が終《お》わるまで、少《すこ》しはなれて待《ま》っていようかと思《おも》った。そのとき――、

「えっ……？」

ユウト君《くん》が目《め》を見開《みひら》いた。

「今《いま》、なんて……？」

顔《かお》がどんどんこわばっていく。

ユウト君《くん》は口元《くちもと》をおさえ、だまりこんでしまった。

何《なに》か悪《わる》いことが起《お》こった。それだけは、はっきりとわかる。

電話《でんわ》の相手《あいて》の話《はなし》を聞《き》きながら、たんたんとあいづちを打《う》ち、

「すぐに行《い》きます……。」

とつぶやいて、電話《でんわ》を切《き》った。

「ココ、ごめん……。映画《えいが》はまたこんどでいいかな。」

ユウト君《くん》はぼうぜんとした表情《ひょうじょう》のまま言《い》った。

「もちろん。何《なに》か……、急用《きゅうよう》なんでしょ？」

「ああ……。」

こちらを向《む》いてはいるけれど、視線《しせん》は合《あ》わず、どこか遠《とお》くを見《み》ている。

「リオが、交通事故《こうつうじこ》にあって、病院《びょういん》に運《はこ》ばれた。」

「えっ……？」

瞬間《しゅんかん》、街《まち》でぐうぜん会《あ》ったときの海老原《えびはら》さんの姿《すがた》が頭《あたま》をよぎる。

うそ……。

「そんなっ。容体《ようだい》は？」

「わからない……。ただ、今《いま》は意識《いしき》がないらしい。すぐに、病院《びょういん》へ行《い》かないと。」

ユウト君《くん》はふるえかけた声《こえ》をぐっとおさえこんで、いすから立《た》ち上《あ》がった。

わたしのお母《かあ》さんが亡《な》くなったときも、お父《とう》さんから急《きゅう》に電話《でんわ》がかかってきた。

『すぐにタクシーで病院《びょういん》に来《き》なさい。お母《かあ》さんがあぶない。』

お父《とう》さんが感情《かんじょう》をおし殺《ころ》して、たんたんと告《つ》げた、あのときの声《こえ》が耳《みみ》の奥《おく》でよみがえる。

いやな記憶《きおく》をふりはらい、ユウト君《くん》にたずねる。

「病院《びょういん》の場所《ばしょ》は、どこ？」

「あっ……、そうだ。」

ユウト君《くん》はスマホを開《ひら》く。けれど操作《そうさ》がおぼつかない。混乱《こんらん》しているのが伝《つた》わってくる。

「わたしが調《しら》べるね。」

ユウト君《くん》から聞《き》いた病院名《びょういんめい》を代《か》わりに検索《けんさく》して、行《い》き方《かた》を調《しら》べた。

病院《びょういん》はここから近《ちか》くて、電車《でんしゃ》で二駅《ふたえき》ほど行《い》けば着《つ》く距離《きょり》だった。

急《いそ》いで電車《でんしゃ》に乗《の》って、大《おお》きな総合病院《そうごうびょういん》にたどり着《つ》いた。

一階《かい》の救命救急《きゅうめいきゅうきゅう》センターの入《い》り口《ぐち》から入《はい》ろうとしたとき、

「あのっ、リオは？　少《すこ》し前《まえ》に運《はこ》ばれてきた海老原里緒《えびはらりお》は無事《ぶじ》ですか⁉」

ユウト君《くん》がろうかを通《とお》りかかった看護師《かんごし》さんにたずねた。

「ご家族《かぞく》の方《かた》ですか？」

「いえ。」

「では、あちらでお待《ま》ちくださいっ。」

看護師《かんごし》さんはあせった様子《ようす》で、外《そと》のろうかを指《さ》し示《しめ》してすぐに行《い》ってしまった。

『無事《ぶじ》ですか？』という問《と》いかけには、何《なに》も答《こた》えていない。それがこわい。

家族以外《かぞくいがい》は救命救急《きゅうめいきゅうきゅう》センターの中《なか》に入《はい》れないので、しかたなく外《そと》のろうかへ移動《いどう》した。

交通事故《こうつうじこ》の連絡《れんらく》をしてきたのは海老原《えびはら》さんのお母《かあ》さんで、ユウト君《くん》は落《お》ち着《つ》かない様子《ようす》でなんども連絡《れんらく》を取《と》ろうとしていたけれど、つながらないらしい。

あきらめたユウト君《くん》は、ベンチに腰《こし》をおろした。

海老原《えびはら》さんはどんな状態《じょうたい》なの？　命《いのち》もあぶない状況《じょうきょう》なの？

何《なに》もわからないまま、ただ時間《じかん》だけが過《す》ぎていく。

「リオ……、リオ……。」

ユウト君《くん》は、何度《なんど》も何度《なんど》も名前《なまえ》をよぶ。

うなだれて、祈《いの》るように両手《りょうて》を組《く》み、手《て》の甲《こう》にはつめが食《く》いこんでいく。

それでも無心《むしん》に名前《なまえ》をよぶ姿《すがた》は、まるで一本《ぽん》の細《ほそ》い糸《いと》に必死《ひっし》にしがみついているみたいで、見《み》ていて胸《むね》がしめつけられる。

ユウト君《くん》にとって、海老原《えびはら》さんがどれだけたいせつな存在《そんざい》なのかがわかる。

幼稚園《ようちえん》のころから、ずっといっしょに過《す》ごしてきたんだもの……。

どれほど時間《じかん》がたったのか、救命救急《きゅうめいきゅうきゅう》センターから出《で》てきたお母《かあ》さんらしき人《ひと》が、ユウト君《くん》を見《み》つけてかけよってきた。

お母《かあ》さんは泣《な》きながら、ユウト君《くん》にすがりつく。

ユウト君《くん》は目《め》に涙《なみだ》をにじませながらも、ぐっとくちびるをかみしめた。

そして、『リオなら、だいじょうぶ。』と言《い》い聞《き》かせるように、お母《かあ》さんの背中《せなか》をなでている。

心《こころ》がはりさけそうになるほど痛《いた》い……。苦《くる》しい。

わたしはただ、ふたりの様子《ようす》をはなれた場所《ばしょ》から見《み》ていることしかできない。

神様《かみさま》、天国《てんごく》のお母《かあ》さん、お願《ねが》いです。助《たす》けてください。この人《ひと》たちのたいせつな人《ひと》を連《つ》れていかないでください。ユウト君《くん》を悲《かな》しませないでくださいっ。

それからしばらくして、看護師《かんごし》さんがお母《かあ》さんをよびにきた。

出血《しゅっけつ》が激《はげ》しかった部位《ぶい》の止血《しけつ》が終《お》わり、海老原《えびはら》さんは一命《いちめい》を取《と》りとめた。

けれど、心肺機能《しんぱいきのう》と血圧《けつあつ》は低《ひく》い上《うえ》に、ほかにも手術《しゅじゅつ》をしなければならないところがあるので、体力《たいりょく》と気力《きりょく》が持《も》つかどうかが心配《しんぱい》だと伝《つた》えた。
「一時《いちじ》は危険《きけん》なときもあったんですが、リオさん、今《いま》もがんばってくれています。」
看護師《かんごし》さんが言《い》ったひとことに、ユウト君《くん》の涙《なみだ》があふれ出《だ》した。
お母《かあ》さんが泣《な》きながら海老原《えびはら》さんの名前《なまえ》をよぶ。
ユウト君《くん》は、その肩《かた》を支《ささ》えた。
わたしは静《しず》かにその場《ば》からはなれた。
病院《びょういん》の外《そと》へ出《で》て、建物《たてもの》を見上《みあ》げる。
この中《なか》で海老原《えびはら》さんは、今《いま》も苦《くる》しい中《なか》、たたかっている。
海老原《えびはら》さん、がんばって。
必《かなら》ず元気《げんき》にもどってきてね。
そう願《ねが》いながら、わたしは病院《びょういん》をあとにした。

家《いえ》に着《つ》いたのは夜《よる》の九時《じ》をまわったころで、ヒメちゃんとユキノさんがテレビを観《み》ながら、夕《ゆう》ごはんを食《た》べていた。

「ココちゃん、お帰《かえ》り。おそかったけど、何《なに》か、あった？　顔色《かおいろ》、悪《わる》いけど？」

ユキノさんが顔《かお》をのぞく。

「はい、平気《へいき》です。少《すこ》し寒《さむ》かっただけなんで……、きょうは、早《はや》くねます。」

事故《じこ》のことをどこからどう説明《せつめい》したらいいかわからず、そのまま部屋《へや》へ行《い》こうとすると、

「食《た》べないの？」

ヒメちゃんがたずねた。

「うん。ちょっと、食欲《しょくよく》がなくて……。クレープを食《た》べすぎちゃって、お腹《なか》がいっぱいなんだ。ごめんなさい。」

てきとうなうそで、ごまかしてしまった。

「ふーん。」

ヒメちゃんは何《なに》か言《い》いたそうな顔《かお》をしたけれど、テレビに意識《いしき》をもどした。

けっきょくその日《ひ》も、次《つぎ》の日《ひ》も、ユウト君《くん》からの連絡《れんらく》はなかった。

ゴールデンウィーク最後《さいご》の日《ひ》、夕《ゆう》ごはんの買《か》い物《もの》に行《い》こうとしたとき、めずらしいお客《きゃく》さんが家《いえ》にやってきた。

「きょう、クラスの友《とも》だちと、リオちゃんのお見舞《みま》いに行《い》ってきたの。本人《ほんにん》と直接《ちょくせつ》は会《あ》えなかったけどね。」

玄関《げんかん》のドアを開《あ》けるなり、フタバちゃんが言《い》った。

海老原《えびはら》さんの事故《じこ》のことは、翌日《よくじつ》には学年中《がくねんじゅう》に連絡《れんらく》が回《まわ》ったらしい。

「具合《ぐあい》はどう？」

「手術《しゅじゅつ》は成功《せいこう》して、今《いま》は落《お》ち着《つ》いているってリオちゃんのお母《かあ》さんから聞《き》いた。」

「そうなんだ……。よかった……。よかったあ。」

わたしは胸《むね》をなでおろす。

「意識《いしき》ももどったみたいだけど、最悪《さいあく》な場合《ばあい》、記憶障害《きおくしょうがい》みたいに、脳《のう》に後遺症《こういしょう》が出《で》る可能《かのう》性《せい》もあるんだって……。でも、ちょっとした受《う》け答《こた》えはできたみたいだから、だいじょうぶかもしれないって言《い》ってた。」

「そっか……。そっか……。」

とにかく命《いのち》が助《たす》かって、よかった。

海老原《えびはら》さんは、ほんとにがんばって、もどってきてくれたんだね。

「ココも……、事故《じこ》があった日《ひ》、病院《びょういん》に行《い》ったんでしょ？　桐ヶ谷君《きりがやくん》にも会《あ》えたから、本人《ほんにん》に聞《き》いたよ。」

「あっ、うん……。たまたまいっしょにいたときだったから。」

ユウト君《くん》は？　元気《げんき》だった？

知《し》りたいけど、ききづらい……。

「元気《げんき》だったよ、桐ヶ谷君《きりがやくん》。」

わたしのききたいことを察《さっ》したのか、フタバちゃんが答《こた》えた。

ユウト君《くん》から連絡《れんらく》がなかったから、状態《じょうたい》が悪《わる》くなったんじゃないかってこわくて、こちらからは何《なに》もきけないでいた。

「うん。」

胸《むね》をおさえる。

「じゃあ、そういうことだから。」

「あっ、フタバちゃん！」

フタバちゃんが帰《かえ》ろうとしたので、わたしはよび止《と》める。

「事故《じこ》の前《まえ》、海老原《えびはら》さんとぐうぜん会《あ》ったの。そのとき、フタバちゃんのことを、すごく心配《しんぱい》してたよ。」

「えっ⁉　わたしのことを？」

「うん。」

「何《なに》？　なんて言《い》っていたの？」

「最近《さいきん》、元気《げんき》がないって。」

「うそっ……。なんでわかったんだろう？　めちゃくちゃがんばって、ふつうにしていたのに。えっ？　ほんとにわたしのこと？」

「うん。」

「うわあ……。気《き》づいてくれてたんだ。見《み》てくれてたんだ……。」

フタバちゃんは、照《て》れたようにうつむく。

「海老原《えびはら》さんって、ほんとすごいね。わたしは自分《じぶん》のことでせいいっぱいで、友《とも》だちの気《き》持《も》ちの異変《いへん》に気《き》づける気《き》がしない。フタバちゃんが前《まえ》に教《おし》えてくれたとおり、海老原《えびはら》さんがみんなにしたわれているのが、すごくわかる……。」

「でしょ!? みんなを引《ひ》っぱっていけるカッコよさもあるし、めんどうみもいいし、とにかくたよれるリーダーって感《かん》じなの。女子《じょし》からも人気《にんき》なんだから。」

フタバちゃんは得意《とくい》げに言《い》った。

「海老原《えびはら》さん、早《はや》く元気《げんき》になってほしいね。」

心《こころ》からそう思《おも》う。

「ココ……。あのさ、わたし、無理《むり》をしていたんだよね。リオちゃんや桐ヶ谷《きりがや》君《くん》や、幼稚園《ようちえん》からいっしょだったグループの子《こ》たちの仲間《なかま》に入《はい》りたくて。

リオちゃんたちがいっしょに遊《あそ》んでくれるようになって、調子《ちょうし》に乗《の》っていたんだ。

でもさ、うちはおこづかいが少《すく》ないから、毎回《まいかい》みんなと同《おな》じようには遊《あそ》べないし、部活《ぶかつ》もいそがしいから、とちゅうで部活《ぶかつ》をサボるようになってさ。

それで先輩《せんぱい》に注意《ちゅうい》までされて、けっこうへこんでいたの。

バレないようにしていたつもりだけど、伝《つた》わっちゃっていたんだね。

でも、リオちゃんが心配《しんぱい》してくれていたのは、うれしいな。」

フタバちゃんは照《て》れくさそうに笑《わら》った。

「早《はや》く海老原《えびはら》さんに会《あ》えるといいね。」

わたしもほほえみかえした。


海老原《えびはら》さんの回復《かいふく》はすごくうれしい。これはほんとの気持《きも》ち。

ユウト君《くん》がそれをよろこぶのもうれしい。これもうそじゃない。

だけど、じつはずっと、苦《くる》しそうに海老原《えびはら》さんの名前《なまえ》をよぶユウト君《くん》の姿《すがた》が、頭《あたま》からはなれないでいる。

わたしがもし事故《じこ》にあったら、ユウト君《くん》はあんなに必死《ひっし》に祈《いの》ってくれるのかな？

足元《あしもと》がおぼつかなくなるほど、心配《しんぱい》してくれるのかな？

だれにも言《い》えない、自分《じぶん》でも口《くち》にしたくない、まっくろな思《おも》いが、心《こころ》の底《そこ》で波打《なみう》っていた。

11 ヒメちゃん

はあ……。

ため息《いき》をついて、エレベーターをよぶボタンをおす。

新学期《しんがっき》が始《はじ》まって、いろんなことが立《た》て続《つづ》けに起《お》きた。

その都度《つど》、気持《きも》ちを立《た》て直《なお》してきたつもりだけど、ちょっといいことがあると、すぐに悪《わる》いことが起《お》こる。

心《こころ》はいつもゆれ動《うご》いている。

今《いま》は特《とく》にユウト君《くん》のことを考《かんが》えると、胸《むね》が苦《くる》しくなる。

エレベーターが一階《かい》におりてきて、ドアが開《ひら》いた。

「ココ。」

急《きゅう》に名前《なまえ》をよばれる。

「あっ……。」

顔《かお》を上《あ》げると、ついさっきまで思《おも》いをめぐらせていたユウト君《くん》が、中《なか》からおりてきた。

私服姿《しふくすがた》で、背中《せなか》にはキーボードを背負《せお》っている。

すごくひさしぶりに会《あ》う気《き》がする。

「よかった。直接話《ちょくせつはな》しに行《い》こうと思《おも》ってたから。この前《まえ》、ココをひとりで帰《かえ》らせちゃって、ごめん。そのあとも、まともに連絡《れんらく》もできなくて。」

「平気《へいき》。あの状況《じょうきょう》じゃ、しかたがないよ。それに海老原《えびはら》さんの容体《ようだい》は、フタバちゃんが教《おし》えてくれたの。少《すこ》しずつよくなっているって。」

「きのう、集中治療室《しゅうちゅうちりょうしつ》から個室《こしつ》にうつれたんだ。骨折《こっせつ》しているから、しばらくは車《くるま》いす生《せい》活《かつ》になるけど、いろいろ検査《けんさ》をして、脳《のう》にも異常《いじょう》はなかったみたい。先生《せんせい》から『若《わか》いから回復《かいふく》が早《はや》い。』って言《い》われたって、リオもよろこんでたよ。」

ユウト君《くん》が顔《かお》をほころばせる。

『リオもよろこんでた。』、そう言《い》ったユウト君自身《くんじしん》が、とってもうれしそうだ。

「すごいっ。ほんとによかったね。」

病院《びょういん》で最後《さいご》に見《み》たユウト君《くん》は、とてもつらそうだったから、おだやかな顔《かお》を見《み》られて、わたしも安心《あんしん》した。

ユウト君《くん》が背中《せなか》をかたむけて、いたずらそうな表情《ひょうじょう》でキーボードを見《み》せた。

「これからリオの見舞《みま》いで、弾《ひ》いてくるよ。看護師《かんごし》さんにたのんだら、個室《こしつ》の病室《びょうしつ》だから、小《ちい》さな音《おと》なら見《み》のがしてくれるってさ。」

「わあ、いいね！　海老原《えびはら》さんもきっとよろこぶよ。」

ユウト君《くん》にとってのたいせつな人《ひと》が、こうして元気《げんき》になってくれて、ほんとにうれしい
……はずなのに……。

どうしようもなく、さびしい……。

こんなことを思《おも》っちゃう自分《じぶん》もいやになる。

「それでさ、この前《まえ》出《で》かけたとき、とちゅうでダメにしちゃったから、またちがう日《ひ》に映《えい》画《が》を観《み》に行《い》かない？」

急《きゅう》にユウト君《くん》が話題《わだい》を変《か》えた。

「えっ……？」

うれしい……。

またさそってくれるの？　ふたりだけで、お出《で》かけするの？

ユウト君《くん》は、わたしにもやさしい。

だけど、心《こころ》の奥深《おくふか》くにいるのは海老原《えびはら》さんだった。

今回《こんかい》、それを知《し》ってしまった。

「ごめん……。」

ぎゅっとスカートをにぎりしめて、一気《いっき》に言《い》った。

「わたし、行《い》けない。海老原《えびはら》さんがたいへんなときだし。海老原《えびはら》さんにはユウト君《くん》が必要《ひつよう》なの。」

『ユウト君《くん》にとっても、そうでしょ？』

そう続《つづ》けようとした言葉《ことば》は、のみこんだ。

わたしの目《め》をまっすぐに見《み》ているユウト君《くん》のひとみが、かすかにゆれている。

こらえきれず目《め》をそらし、気持《きも》ちをふるい立《た》たせる。

「この前《まえ》、ユウト君《くん》とショッピングモールをいっしょに歩《ある》けただけでも、わたしにとってはじゅうぶんなの。とっても、楽《たの》しかった。

だから、わたしのことは……もういいから。海老原《えびはら》さんに、ピアノを聴《き》かせてあげて。」

病室《びょうしつ》で聴《き》けたら、どれほどうれしいだろう。

だって、ユウト君《くん》の演奏《えんそう》を聴《き》いて、歌《うた》まで習《なら》いはじめちゃうくらいなんだもの。

いつかきっと、ふたりが同《おな》じ歌《うた》を奏《かな》でたら、とてもステキな音楽《おんがく》ができあがるんだろうな。

「ココ……、それって、どういう意味《いみ》？」

とまどった様子《ようす》で、ユウト君《くん》がわたしに手《て》をのばした。

「あっ……、そうだ。牛乳《ぎゅうにゅう》！　買《か》ってくるのをわすれちゃった。スーパーへ行《い》かなくちゃ。」

わたしはとっさにうそをついて、後《あと》ずさりする。

「じゃあ、行《い》くね。海老原《えびはら》さん、ユウト君《くん》の演奏《えんそう》を聴《き》けたら、きっともっと元気《げんき》になるよ！」

無理《むり》やり笑《わら》って、ユウト君《くん》に背《せ》を向《む》けた。

「ココっ、待《ま》って。」

ユウト君《くん》の声《こえ》をふりはらうように、わたしは走《はし》りだした。追《お》ってくる気配《けはい》を感《かん》じたけれど、ふりむかずに走《はし》って、走《はし》って、マンションからはなれて、水路《すいろ》わきの遊歩道《ゆうほどう》にたどり着《つ》いた。

息《いき》を切《き》らして、手《て》すりにひたいがくっつくほど頭《あたま》をたれる。

「これで、よかったよね……。」

水面《すいめん》にうつる自分《じぶん》の顔《かお》にたずねる。

「ううん、よくない！」

勝手《かって》に思《おも》いこんで、ひとりで身《み》を引《ひ》いて。

傷《きず》つきたくないから、先《さき》に逃《に》げていく。

ユウト君《くん》が大切《たいせつ》なんでしょ⁉

大好《だいす》きなくせに、ほんとはユウト君《くん》といっしょにいたいくせにっ。

そうだよ、でも……。

ぐるぐる考《かんが》えても、答《こた》えは出《で》なかった。

今夜《こんや》は何《なに》を作《つく》ろう？

今《いま》からスーパーへ買《か》い物《もの》に行《い》って、夕《ゆう》ごはんを作《つく》るとなると、かんたんなものがいい。

頭《あたま》の中《なか》でメニューを考《かんが》えながら玄関《げんかん》のドアを開《あ》けると、不思議《ふしぎ》なことが起《お》こった。

カレーのにおいがする……。

なんで⁉

わたしはろうかを走《はし》って、リビングのドアを開《あ》けた。

換気扇《かんきせん》がついていないのか、キッチンからもれたけむりがリビングに充満《じゅうまん》している。

「ヒメちゃん⁉」

キッチンをのぞくと、三角巾《さんかくきん》と水泳用《すいえいよう》のゴーグルを頭《あたま》につけたヒメちゃんが、カレーがもられたお皿《さら》を持《も》って立《た》っていた。

「おか……えり。」

「ただいま。」

ヒメちゃんが先《さき》に『おかえり。』って言《い》ってくれた。それだけでもびっくりなのに、
テーブルにはスプーンやグラスまでならんでいる。

「もしかして、ヒメちゃんが夕《ゆう》ごはんを作《つく》ってくれたの？」

「うん……。」

ヒメちゃんは照《て》れくさそうに視線《しせん》をそらした。

テーブルに向《む》かい合《あ》ってすわり、手《て》を合《あ》わせる。

「いただきますっ。」

「どーぞ。」

ヒメちゃんは素《そ》っ気《け》なく答《こた》えた。

わたしはカレーをスプーン山《やま》もりにして、パクッと口《くち》に入《い》れた。

少《すこ》しこげた味《あじ》がする。

ジャガイモはところどころ皮《かわ》がつきっぱなし、ニンジンは芯《しん》が残《のこ》っているし、ごはんはかたい。

だけど、口《くち》へ運《はこ》ぶ手《て》が止《と》まらない。

「あったかい……。」

涙《なみだ》といっしょに言葉《ことば》がぽろっとこぼれた。

「おいしい……。」

心《こころ》が満《み》たされていく。

涙《なみだ》が止《と》まらない。

「すっごくおいしいよ。ありがとう。めちゃくちゃ元気《げんき》が出《で》た。」

わたしは顔《かお》を上《あ》げた。

ヒメちゃんは一口《ひとくち》も食《た》べないで、わたしを見《み》ている。

「ほんと？」

「うん！」

わたしの返事《へんじ》を聞《き》いて、ヒメちゃんの顔《かお》が、ぱあっと明《あか》るくなる。

「よかった。」

小《ちい》さな声《こえ》でつぶやいて、ようやくスプーンを手《て》に持《も》った。

キッチンのゆかには小《ちい》さなふみ台《だい》が置《お》かれ、流《なが》し場《ば》には洗《あら》い物《もの》が山《やま》づみだし、あちらこ

ちらにカレーが飛《と》び散《ち》っている。

けれど、その一つ一つ《ひとひと》が、ヒメちゃんがいっしょうけんめいカレーを作《つく》ってくれた証《あかし》のように思《おも》え、たまらなく愛《いと》おしく感《かん》じる。

「ユキノさんも、早《はや》く帰《かえ》ってこないかな。ぜったいによろこぶよ。」

「そうかな。」

「そうだよっ。」

わたしは強《つよ》く断言《だんげん》した。すると……、

「前《まえ》にも、作《つく》ったことはあるんだ。去年《きょねん》、ママの誕生日《たんじょうび》に、こっそりケーキを買《か》って、カレーも作《つく》ったんだ。早《はや》く帰《かえ》ってきてってお願《ねが》いしてたのに、なかなか帰《かえ》ってきてくれなかったんだよね。」

ヒメちゃんがぽつぽつと話《はな》しだす。

「ママの仕事《しごと》が決《き》まったときも、お祝《いわ》いしたかったのに、またあれかと約束《やくそく》しちゃったから、頭《あたま》にきたんだ。遊園地《ゆうえんち》へ行《い》く約束《やくそく》をわすれてたのも、むかついたけど。」

「ヒメちゃん……。」

ヒメちゃんがあんなにおこったのは、自分《じぶん》にとっていやなことが続《つづ》いたからだけじゃない。心《こころ》の奥《おく》では、ほんとはママをよろこばせたかったのに、かなわなかったからなんだ。

「でもね、このカレーは、ココちゃんに作《つく》ったんだ。」

ヒメちゃんがまっすぐにわたしを見《み》た。

「ココちゃんが必死《ひっし》な顔《かお》をして遊園地《ゆうえんち》までさがしにきてくれたとき、めっちゃうれしかったよ。上《うわ》ばきを取《と》りに行《い》ってくれたときも。いつも話《はな》しかけてくれたり、毎日《まいにち》ごはんを作《つく》ってくれたり。ココちゃんだけが、わたしを見《み》ててくれた。だから……、これはちょっとだけでもお礼《れい》の気持《きも》ち。」

最後《さいご》は、はずかしそうに早口《はやくち》で言《い》い切《き》って、カレーを食《た》べはじめた。

ヒメちゃんといっしょに暮《く》らしはじめてから、いろんなことがあった。

新学期早々《しんがっきそうそう》、上《うわ》ばきを家《いえ》まで取《と》りに帰《かえ》って遅刻《ちこく》しそうになったり、ヒメちゃんの好《す》ききらいが多《おお》くて、ごはんをなかなか食《た》べてもらえなかったり……。

こっそりイライラをはきだしたり、ルルやカメ子《こ》、ぬいぐるみのサメ子《こ》に不満《ふまん》をぶちまけたこともあった。

だけどわたし、いやだいやだと言《い》いながらも、ヒメちゃんのお世話《せわ》をしてたのは、ほんとうには、いやじゃなかったからなのかもしれない。

それを、ヒメちゃんは見《み》ていてくれた。

じんわりと、胸《むね》が熱《あつ》くなる。

「よーし、わたし、がんばるね！」

急《きゅう》に大声《おおごえ》を出《だ》したので、ヒメちゃんはおどろいた顔《かお》をしたけれど、

「うん。」

とうなずいて、目《め》を細《ほそ》めた。

「そうだ。こんどからはいっしょに夕《ゆう》ごはんを準備《じゅんび》しようか？　ハンバーグ、作《つく》らない？」

たずねると、ヒメちゃんは口《くち》をとがらせる。

「えー。毎日《まいにち》は、いや。たまにならいいよ。」

ヒメちゃんらしい返事《へんじ》に、わたしは思《おも》わず笑《わら》ってしまった。

12 まっすぐな気持《きも》ち

次《つぎ》の日《ひ》、学校《がっこう》から帰《かえ》ると、玄関《げんかん》のドアの向《む》こうから、ピアノの音《おと》がもれてきた。

「えっ……？」

どうして？

わたしはくつをぬぎすて、リビングへ向《む》かう。

この音《おと》を聴《き》いたとたん、胸《むね》が高鳴《たかな》りだす。

ドアを開《あ》けると、ヒメちゃんとユウト君《くん》がピアノの前《まえ》にすわって、曲《きょく》を弾《ひ》いていた。

わたしに気《き》がつくと、ヒメちゃんが声《こえ》をかける。

「おかえり、ココちゃん。さっきユウト君《くん》が来《き》たから、ピアノを弾《ひ》いてって、たのんだ。」

「そうなの……。」

「勝手《かって》に家《いえ》に上《あ》がっちゃって、ごめん。」

ユウト君《くん》が立《た》ち上《あ》がって、申《もう》し訳《わけ》なさそうな顔《かお》をする。

「そんな、あやまらないで、びっくりしただけだから。」

「わたしが、たのんだの！」

ヒメちゃんが強《つよ》く言《い》い張《は》った。

「そっか。じゃあ、わたしは、夕《ゆう》ごはんの買《か》い物《もの》に行《い》ってくるね。」

あたふたと背《せ》を向《む》けようとしたとき、

「ココ、待《ま》って。」

ユウト君《くん》がわたしの手《て》をつかんだ。

「あっ！　それならわたしが買《か》い物《もの》に行《い》こっかな～。」

ヒメちゃんはハッとした顔《かお》をして、そそくさとリビングを出《で》ていった。

急《きゅう》に部屋《へや》が静《しず》かになる。

「あっ、あのさ、この前《まえ》の続《つづ》き、弾《ひ》いてもいいかな？」

ユウト君《くん》が緊張《きんちょう》した面持《おもも》ちで言《い》った。

すぐに〝続《つづ》き〟の意味《いみ》がわかった。いっしょに出《で》かけたとき、ユウト君《くん》がストリートピアノで弾《ひ》こうとしてくれた、『きょうのテーマソング』のことだ。

「うん……。わたしも聴《き》きたい。」

ユウト君《くん》は少《すこ》しホッとした顔《かお》をして、いすにすわりなおす。

ゆっくり鍵盤《けんばん》に手《て》を乗《の》せ、曲《きょく》を弾《ひ》きはじめた。

高音《こうおん》から低音《ていおん》に、なめらかに流《なが》れるゆったりしたメロディー。

まるで、そよ風《かぜ》がやさしくほおをなでるような心地《ここち》のいい音《おと》に、思《おも》わず目《め》を閉《と》じる。

一《ひと》つ一《ひと》つの音《おと》に思《おも》いを乗《の》せるように、ユウト君《くん》がこの曲《きょく》をたいせつに弾《ひ》いているのが伝《つた》わってくる。

やさしい音楽《おんがく》が心《こころ》にふれる。自然《しぜん》と涙《なみだ》がこぼれそうになる。

ああ、ユウト君《くん》の音《おと》だ……。

やっぱり、好《す》き……。

おしこめようとしていた『好《す》き』って気持《きも》ちが、ふたを開《あ》けてあふれてくる。

ユウト君《くん》が、鍵盤《けんばん》からふわっと手《て》をはなす。

曲《きょく》の余韻《よいん》までしっかり心《こころ》にきざんで、わたしは口《くち》を開《ひら》いた。

「この曲《きょく》、すっごくいい曲《きょく》……。初《はじ》めて聴《き》いたけど、なんていう曲《きょく》？」

ユウト君《くん》は少《すこ》し照《て》れた顔《かお》をする。

「この曲《きょく》のタイトルは、『ココ』だよ。」

「えっ……？」

「ココのことを思《おも》って、作《つく》った曲《きょく》。」

ユウト君《くん》は、いたずらが成功《せいこう》したような笑顔《えがお》を見《み》せる。

「でも……、わたし……。ぜんぜんちがうよ。こんなやさしくて、きれいな曲《きょく》だなんて。

うそ、そんな……わたし、こんなんじゃない……。」

頭《あたま》も心《こころ》もいっぱいで、言葉《ことば》がうまく出《で》てこない。

「おれにとって、ココはこんな感《かん》じだけどな。この曲《きょく》みたいに、ココはおれにとって、たいせつな人《ひと》なんだ。

リオは妹《いもうと》とか家族《かぞく》みたいな存在《そんざい》だよ。大事《だいじ》なのは同《おな》じだけど、ココとはちがうんだ。」

「えっ……？」

急《きゅう》に海老原《えびはら》さんのことを持《も》ち出《だ》されて、ドキッとした。

「きのうリオに、おれがココを好《す》きなことは、とっくの前《まえ》から気《き》づいているって言《い》われたんだ。『ココちゃんの曲《きょく》を作《つく》って、そこで満足《まんぞく》してんじゃないでしょうね。』『ちゃんと自《じ》分《ぶん》の気持《きも》ちは、言葉《ことば》にして伝《つた》えてこい！』って、めちゃくちゃ注意《ちゅうい》された。でも、だからというわけじゃなく、前《まえ》から言《い》おうとしてた気持《きも》ち、ちゃんと言《い》いにきた。」

ユウト君《くん》がわたしの手《て》を取《と》る。

「おれは、ココが好《す》きだ。つらいときや、悲《かな》しいときは、いちばんそばにいたいって思《おも》う。ココの笑《わら》う顔《かお》を、いつもそばで見《み》たいって思《おも》う。おれには、ココが必要《ひつよう》だって思《おも》ってる。

それくらい、好《す》きなんだ。」

ユウト君《くん》のまっすぐな気《き》持《も》ちが伝《つた》わってくる。

顔《かお》が熱《あつ》くて、はずかしくて、声《こえ》にならない。

だけど、わたしもちゃんと言《い》うんだ。

自分《じぶん》のほんとの気持《きも》ちを伝《つた》えたい。

わたしはユウト君《くん》の手《て》をにぎりかえす。

「ずっと前《まえ》から……、初《はじ》めて会《あ》ったときから、わたしもユウト君《くん》が大好《だいす》き。」

ほほえんだユウト君《くん》のひとみの中《なか》に、幸《しあわ》せそうに笑《わら》うわたしが見《み》えた。

あとがき

お元気《げんき》でしたか～？

この六巻《かん》も、ようこそ『星《ほし》カフェ』へ！

お待《ま》ちしておりました！

なかなか直接会《ちょくせつあ》うことはできないけれど、こうして本《ほん》を通《とお》してつながれること、とってもうれしく思《おも》っています。

いつも応援《おうえん》、ありがとうございます。


この本《ほん》の発売《はつばい》は九月《がつ》。新学期《しんがっき》が始《はじ》まっているころですね。

新学期《しんがっき》というと、小学生《しょうがくせい》のころの私《わたし》は、ゆううつな気持《きも》ちになっていました。夏休《なつやす》みが長《なが》かったぶん、なかなか学校《がっこう》モードにもどれない。

とくに体育《たいいく》が苦手《にがて》だったので、授業《じゅぎょう》で鉄棒《てつぼう》や跳《と》び箱《ばこ》、マット運動《うんどう》などがあると思《おも》うと、どんどん心《こころ》がしずんでいきます。

夏休《なつやす》みも残《のこ》り少《すく》なくなってきたある日《ひ》、テレビで男子《だんし》体操《たいそう》の中継《ちゅうけい》をやっていました。鉄《てつ》棒《ぼう》も跳《と》び箱《ばこ》も、マット運動《うんどう》も、まるで鳥《とり》のように軽《かろ》やかで、蝶《ちょう》のようにきれいな動《うご》きに魅《み》せられて、すっかりあこがれてしまいました。

よーし、私《わたし》もやってみよう！

そう決心《けっしん》すると、近所《きんじょ》の公園《こうえん》にあった鉄棒《てつぼう》で猛練習《もうれんしゅう》を始《はじ》め、自宅《じたく》では跳《と》び箱《ばこ》のかわりにサイドテーブルにクッションをのせ、また部屋《へや》に布団《ふとん》を敷《し》いてマットのかわりにして、体《たい》操選手《そうせんしゅ》の動《うご》きを思《おも》い出《だ》しながら、毎日《まいにち》ちょっとずつ練習《れんしゅう》しました。

すると、ふしぎなことに、苦手意識《にがていしき》が薄《うす》れていき、練習《れんしゅう》をするのが楽《たの》しくなってきました。

決《けっ》して得意《とくい》になったわけではありませんが、少《すく》なくとも鉄棒《てつぼう》は前回《まえまわ》りや後《うし》ろ回《まわ》りができるようになり、四段《だん》の跳《と》び箱《ばこ》もどうにか越《こ》えることができ、マットでも開脚前転《かいきゃくぜんてん》や側転《そくてん》ができるようになりました。

体育《たいいく》の授業中《じゅぎょうちゅう》、クラスメイトに「どうしたの？」とおどろかれ、ものすごくうれしかったし、それ以上《いじょう》に自分《じぶん》の自信《じしん》になりました。

やればできるんだ!!

そんなことを思《おも》い出《だ》しながら、この六巻《かん》は、今《いま》まで何《なに》かとルルに助《たす》けてもらっていたココに、ルルに頼《たよ》れない状況《じょうきょう》でも、ぜひがんばってほしいという願《ねが》いを込《こ》めて書《か》きました。

次々《つぎつぎ》と予想外《よそうがい》のできごとが起《お》こるなか、その一《ひと》つ一《ひと》つを必死《ひっし》に乗《の》り越《こ》えていくココですが、そのたびに少《すこ》しずつ強《つよ》くなっていく……。

そんなココの姿《すがた》が、みなさんの励《はげ》みになりますように……。

さて、いよいよこの「星《ほし》カフェ」シリーズは、次《つぎ》の巻《かん》で完結《かんけつ》します。

「夜《よる》カフェ」シリーズに続《つづ》いて、「みんなでごはんを食《た》べる場所《ばしょ》」というのをテーマに書《か》いてきました。

だれかといっしょにごはんを食《た》べるって、なぜか心《こころ》が開《ひら》いていくような気《き》がします。

(もちろん緊張《きんちょう》する相手《あいて》もいるけれど……。)

みなさんからも「わたしもこんな場所《ばしょ》があったら行《い》きたい!」「わたしも休《やす》みの日《ひ》に、友《とも》だちとランチすることにしました!」など、いろいろな感想《かんそう》をいただきました。中《なか》には、LINE《ライン》のビデオ通話《つうわ》で画面《がめん》を見《み》ながら、友《とも》だちと食事《しょくじ》するという声《こえ》もありました。

そんなふうにチャレンジしてくださっているお話《はなし》を聞《き》くと、とても励《はげ》まされます。

この二つのシリーズはどちらも、たま先生《せんせい》のイラストがあまりにステキで、登場人物《とうじょうじんぶつ》のすべてが光《ひか》っていました。ほんとうにありがとうございます。

そして、いつもながら、一冊《さつ》の本《ほん》ができるには多《おお》くの方々《かたがた》がいっしょうけんめい関《かか》わってくださっています。ずっと担当《たんとう》してくださっている編集者《へんしゅうしゃ》のぽにゃらT《ティー》さんを始《はじ》め、校《こう》閲部《えつぶ》の方々《かたがた》に心《こころ》から感謝《かんしゃ》の気持《きも》ちをお伝《つた》えします。いつもいつもありがとうございます。

それでは、最終巻《さいしゅうかん》は来年《らいねん》一月《がつ》の発売《はつばい》の予定《よてい》です。

どうか最後《さいご》まで見守《みまも》ってくださいね。よろしくお願《ねが》いします。

倉橋燿子《くらはしようこ》

＊著者紹介

倉橋燿子《くらはしようこ》

広島県生まれ。上智大学文学部卒業後、出版社に勤める。その後、フリーの編集者、コピーライターを経て、執筆活動をはじめる。おもな作品に、『パセリ伝説（全12巻）』『パセリ伝説外伝　守り石の予言』『ラ・メール星物語（全５巻）』『ポレポレ日記《ダイアリー》（全５巻）』『夜カフェ（全12巻）』『生きているだけでいい！　馬がおしえてくれたこと』『小説　聲の形（全２巻　原作・大今良時）』（いずれも講談社青い鳥文庫）、『小説　映画　なのに、千輝くんが甘すぎる。（原作・亜南くじら／脚本・大北はるか）』（講談社KK文庫）、『倉橋惣三物語　上皇さまの教育係』（講談社）、『風の天使《エンジェル》』（ポプラ社）などがある。

＊画家紹介

たま

岩手県出身。2009年、イラストレーターとして活動開始。初音ミクなどボーカロイドのイラストを数多く手がける。

児童書のさし絵に『夜カフェ（全12巻）』などがある。

スマホゲーム「＃コンパス～戦闘摂理解析システム～」のマルコス'55のキャラクターデザインも手がける。

この作品は書き下ろしです。

読者のみなさまからのお便りをお待ちしています。
下のあて先まで送ってくださいね。
いただいたお便りは、編集部から著者へおわたしいたします。
〒112-8001 東京都文京区音羽2-12-21 講談社 青い鳥文庫編集部

講談社 青い鳥文庫

星《ほし》カフェ
思《おも》いがけないできごと
倉橋燿子《くらはしようこ》

2024年9月15日　第1刷発行

(定価はカバーに表示してあります。)
発行者　森田浩章
発行所　株式会社講談社
東京都文京区音羽2-12-21　郵便番号112-8001
電話　編集 (03) 5395-3536
販売 (03) 5395-3625
業務 (03) 5395-3615

N.D.C.913　186p　18cm
装　丁　大岡喜直 (next door design)
久住和代
印　刷　TOPPANクロレ株式会社
製　本　TOPPANクロレ株式会社
本文データ制作　講談社デジタル製作
KODANSHA

ISBN978-4-06-536705-6

『探偵《たんてい》チームKZ《カッズ》事件《じけん》ノート シリーズ』

藤本《ふじもと》ひとみ／原作　住滝《すみたき》 良《りょう》／文
駒形《こまがた》／絵

ストーリー

塾や学校で出会った超個性的な男の子たちと探偵チームKZを結成している彩。みんなの能力を合わせて、むずかしい事件を解決していきます。一冊読みきりでどこから読んでもおもしろい！

KZ《カッズ》の仲間が
いるから
毎日が刺激的！

主人公

立花《たちばな》 彩《あや》

『恋愛禁止《れんあいきんし》!? シリーズ』

伊藤《いとう》クミコ／作
瀬尾《せお》みいのすけ／絵

ストーリー

果穂は、男子が超ニガテ。なのに、女子ギライな鉄生《てつお》と、『恋愛禁止』の校則違反を取りしまる風紀委員をやることに！ところが、なぜか鉄生のことが気になるように……。これってまさか、恋!?

わたし
男性恐怖症
なのに……。

主人公

石野果穂《いしのかほ》

大人気シリーズ!!

『星《ほし》カフェ シリーズ』

倉橋燿子《くらはしようこ》／作　たま／絵

ストーリー

ココは、明るく運動神経バツグンの双子の姉・ルルとくらべられてばかり。でも、ルルの友だちの男の子との出会いをきっかけに、毎日が少しずつ変わりはじめて。内気なココの、恋と友情を描く！

主人公
水庭湖々《みずにわここ》

『小説《しょうせつ》 ゆずのどうぶつカルテ シリーズ』

伊藤《いとう》みんご／原作・絵　辻《つじ》みゆき／文
日本《にっぽん》コロムビア／原案協力

ストーリー

小学５年生の森野柚は、お母さんが病気で入院したため、獣医をしている秋仁《あきひと》叔父さんと「青空町わんニャンどうぶつ病院」で暮らすことに。 柚の獣医見習いの日々を描く、感動ストーリー！

主人公
森野《もりの》 柚《ゆず》

青い鳥文庫

『ひなたとひかり
シリーズ』

高杉六花《たかすぎりっか》／作　万冬《まふゆ》しま／絵

ストーリー

平凡女子中学生の日向は、人気アイドルで双子の姉の光莉《ひかり》をピンチから救うため、光莉と入れ替わることに!!　華やかな世界へと飛びこんだ日向は、やさしくほほ笑む王子様と出会った……けど!?

入れ替わる
なんて
どうしよう！

主人公
相沢日向《あいざわひなた》

『黒魔女《くろまじょ》さんが通《とお》る!!
&
6年《ねん》1組《くみ》黒魔女《くろまじょ》さんが通《とお》る!!
シリーズ』

石崎洋司《いしざきひろし》／作
藤田《ふじた》 香《かおり》&亜沙美《あさみ》／絵

ストーリー

魔界から来たギュービッドのもとで黒魔女修行中のチョコ。「のんびりまったり」が大好きなのに、家ではギュービッドのしごき、学校では超・個性的なクラスメイトの相手、と苦労が絶えない毎日！

早くふつうの
女の子に
もどりたい。

主人公
黒鳥千代子《くろとりちよこ》
（チョコ）

「講談社《こうだんしゃ》 青《あお》い鳥文庫《とりぶんこ》」刊行《かんこう》のことば

太陽《たいよう》と水《みず》と土《つち》のめぐみをうけて、葉《は》をしげらせ、花《はな》をさかせ、実《み》をむすんでいる森《もり》。小《こ》鳥《とり》や、けものや、こん虫《ちゅう》たちが、春《はる》・夏《なつ》・秋《あき》・冬《ふゆ》の生活《せいかつ》のリズムに合《あ》わせてくらしている森《もり》。森《もり》には、かぎりない自然《しぜん》の力《ちから》と、いのちのかがやきがあります。

本《ほん》の世界《せかい》も森《もり》と同《おな》じです。そこには、人間《にんげん》の理想《りそう》や知恵《ちえ》、夢《ゆめ》や楽《たの》しさがいっぱいつまっています。

本《ほん》の森《もり》をおとずれると、チルチルとミチルが「青《あお》い鳥《とり》」を追《お》い求《もと》めた旅《たび》で、さまざまな体験《たいけん》を得《え》たように、みなさんも思《おも》いがけないすばらしい世界《せかい》にめぐりあえて、心《こころ》をゆたかにするにちがいありません。

「講談社《こうだんしゃ》 青《あお》い鳥文庫《とりぶんこ》」は、七十年《ねん》の歴史《れきし》を持《も》つ講談社《こうだんしゃ》が、一人《ひとり》でも多《おお》くの人《ひと》のために、すぐれた作品《さくひん》をよりすぐり、安《やす》い定価《ていか》でおおくりする本《ほん》の森《もり》です。その一さつ一さつが、みなさんにとって、青《あお》い鳥《とり》であることをいのって出版《しゅっぱん》していきます。この森《もり》が美《うつく》しいみどりの葉《は》をしげらせ、あざやかな花《はな》を開《ひら》き、明日《あす》をになうみなさんの心《こころ》のふるさととして、大《おお》きく育《そだ》つよう、応援《おうえん》を願《ねが》っています。

昭和《しょうわ》五十五年《ねん》十一月《がつ》

講談社